经典
词

唐宋卷

陆
游
集

陈祖美 主编
高利华 编著

河南文艺出版社
·郑州·

图书在版编目（CIP）数据

陆游集/高利华编著. —郑州：河南文艺出版社，
2018.11

（中华经典好诗词/陈祖美主编）

ISBN 978-7-5559-0705-3

Ⅰ.①陆…　　Ⅱ.①高…　　Ⅲ.①宋词-选集　　Ⅳ.①
I222.844.2

中国版本图书馆 CIP 数据核字（2018）第 134222 号

出版发行　　河南文艺出版社
本社地址　　郑州市鑫苑路 18 号 11 栋
邮政编码　　450011
售书热线　　0371-65379196
承印单位　　河南瑞之光印刷股份有限公司
经销单位　　新华书店
纸张规格　　890 毫米×1240 毫米　1/32
印　　张　　6
字　　数　　130 000
版　　次　　2018 年 11 月第 1 版
印　　次　　2018 年 11 月第 1 次印刷
定　　价　　29.00 元

导 言

陈祖美

　　"中华经典好诗词"丛书是从浩如烟海的中华优秀诗词中几经精简、优中选优的一套经典诗词丛书。全套丛书共分先唐、唐宋、元明清三卷。其中唐宋卷唐代部分包括大小李杜,即李白、杜甫、李商隐、杜牧四位大家的作品专集,以及唐代其他名家的诗词精品,即《唐代合集》;宋代部分包括柳永、苏轼、陆游、辛弃疾四位大家的作品专集,以及宋代其他名家的诗词精品,即《宋代合集》。唐宋卷合计共十种。

　　综观本卷的十个卷本,各有别致之处和亮点所在。

　　李白和杜甫本是唐代名家中的领军人物,读过李、杜二卷更可进一步领略李、杜之别不在于孰优孰劣,而主要在于二人的性情禀赋、所处环境、生平际遇,以及所运用的浪漫主义和现实主义创作方法的不同。从林如海所编的《李白集》中,我们可以体会到诗仙作品那"笔落惊风雨,诗成泣鬼神"的艺术魅力。宋红编审在编撰《杜甫集》时,纠正了新旧注释中的不少错误,再三斟酌杜甫的全部诗作,为我们提供了不曾为历代选家所关注的一些新篇目,使我们对杜甫有了更深层次的认识。

　　在李白、杜甫身后一个多世纪的晚唐时代，再度出现了李商隐、杜牧光耀文坛的盛事。

　　平心而论，在唐宋卷的十种中，《李商隐集》的编撰怕是遇上较多难题的一种。感谢黄世中教授，他凭借对李商隐研究的深厚功底，不惮辛劳，从李商隐现存的约六百首诗作中遴选出八大类佳作，为我们消除与李商隐的隔膜开辟了一条捷径。

　　杜牧比李商隐的幸运之处，在于他尽管受到时相李德裕的多方排挤，却得到了同等高官牛僧孺的极力呵护和器重。再说杜牧最后官至中书舍人，职位也够高了。从总体上看，杜牧的一生风流倜傥，不乏令人艳羡之处，他的相当一部分诗歌读来仿佛是在扬州"九里三十步的长街"上徜徉。对于胡可先教授所编的《杜牧集》，您不妨在每年的春天拿来读一读，体验一下"腰缠万贯，骑鹤下扬州"的美好憧憬。

　　《唐代合集》所面临的主要难题是版面有限而名家、好诗众多。为了在有限的版面中少一点遗珠之憾，编者陈祖美主要采取了以下三种缓解之策：一是对多家必选的长诗，如《春江花月夜》《长恨歌》《琵琶行》等忍痛割爱；二是著名和常见选本已选作品，尽量避免重复，这里不再选用；三是精简点评字数。

　　唐宋卷中《柳永集》的编撰难度同样很大，其难点正如陶然教授所说：在柳永的生平仕履中谜团过多、褒贬不一。所幸，陶然教授继承和发扬了其业师吴熊和教授关于柳永研究的种种专长和各项成果，创造性地运用到本书的编撰之中，从而玉成了这一雅俗共赏的好读本。

　　仅就本丛书所限定的诗词而言，苏轼有异于以词名世的柳永和辛弃疾,洵为首屈一指的"跨界诗词王"！那么,面对这位拥有两千多首诗、三百多首词的双料王牌,本书的编撰者陶文鹏教授运用了何种神机妙策,让读者得以便捷地领略到苏轼其人其作的精髓所在呢？答曰:科学分类,妙笔点睛。不仅如此,本集在题材类编同时,还按照五绝、七绝、五律、七律、词、古风等不同体裁加以排列。编撰者将辛劳留给自己,将方便奉献给读者。

高利华教授所编撰的《陆游集》,则是对陆游"六十年间万首诗"的精心提取。正是这种概括和提取,为我们走近陆游打开了方便之门。编者将名目繁多的《剑南诗稿》(包括一百三十多首《放翁词》)中优中选优的上上佳作分为九大类。我们从前几个类别中充分领略了陆游的从军之乐和爱国情怀,而编者所着力推举的沈园诗则是陆游对宋诗中绝少的爱情篇章的另一种独特贡献。尤其值得一提的是,《陆游集》的更大亮点在于"家祭无忘告乃翁"这一类诗所体现的好家风。山阴陆氏的好家风,既包括始自唐代陆龟蒙诗书相传的"笠泽家风",更有殷切期望后人继承和发扬为国分忧、有所担当的牺牲精神。

邓红梅教授所编的《辛弃疾集》,将辛弃疾六百余首词中的佳作按题材分为主战爱国词和政治感慨词等十一类,从而把人称"词中之龙"的辛弃疾,由人及词全面深刻地做了一番透视与解剖。这样,即使原先是"稼轩词"的陌路人,读了邓红梅的这一编著,沿着她所开辟的这十多条路径往前走,肯定会离辛弃疾越来越近,并从中获得自己所渴望的高品位的精神享受。

唐宋卷由《宋代合集》压轴,不失为一种造化,因为本集

3

的编撰者王国钦先生一贯擅出新招儿、绝招儿。他别出心裁地将本集的八个分类栏目之标题依次排列起来,巧妙地构成一首集句七言诗:

彩袖殷勤捧玉钟,为谁醉倒为谁醒?
好山好水看不足,留取丹心照汗青。
流水落花春去也,断续寒砧断续风。
目尽青天怀今古,绿杨烟外晓寒轻。

读了这首诗想必读者不难看出,这八句诗分别出自宋代或由唐入宋的诗词名家之手。这些佳句呈散沙状态时,犹如被深埋的夜明珠难以发光。国钦先生以其披沙拣金之辛劳和出人意料的奇思妙想,将其连缀成为一首好诗。它不仅概括了本集的主要内容,也无形中大大增添了读者的兴趣。

接连手术后未及痊愈,丁酉暮春
勉力写于北京学院路寓所
2017 年 12 月

目 录

听雨忆人·小楼一夜听春雨

父德子贤·家祭无忘告乃翁

寸心如丹

位卑未敢忘忧国

灌　园

少携一剑行天下,晚落空村学灌园。

交旧凋零身老病,轮囷肝胆与谁论^①?

[注释]

①轮囷(qūn逡):树根盘曲的样子,这里有郁结的意思。

[点评]

理想与现实的冲突一直是诗人笔下最动情的主题。

这首灌园诗,写于淳熙八年(1181)陆游罢官回家时。短短四句,通过强烈鲜明的形象对比,表达了诗人"心在天山,身老沧州"的郁闷和悲慨。

"少携一剑"是陆游年轻时的自我写照。陆游早年攻读兵书,志在用世。中年从军南郑"自期谈笑扫胡尘"(《追忆征西幕中旧事》),北望中原豪气如山,是一个胸怀经纶天下、北定中原大志的豪杰之士。而谁又想到豪杰功业未成,到头来流落荒村"却从邻父学春耕"(《小园》),与田父野老一样以灌园度日!诗人这样说,倒不是看不起农村劳动和农民生活,关键是陆游志不在此,怀抱不同。诗人早就立下"上马击狂胡"的雄心壮志,他的人生理想是效力北伐、敢为国殇。而今事与愿违,投老荒村,学习灌园务农,恰似当年的辛稼轩"都将万字平戎策,换取东家种树书"(辛弃疾《鹧鸪天》),一腔爱国热情,都被和戎投降政策所断送。"收身死向农桑社,何止明明两世人!"(《追忆征西幕中旧事》)陆游、辛弃疾等人的人生悲剧,是南宋社会的悲剧,在当时就很有典型意义。

"携剑"与"灌园",本是两种不同气质、不同方向的人生目标和生存方式。两者志趣不同,追求各异,是一对不能相提并论的矛盾。而现实却让它们发生在同一个人身上,并且这对矛盾又交织于"交旧凋零身老病"的典型环境之中,使这个形象的写照更具有震撼人心的悲剧力量。

塞上曲

老矣犹思万里行,翩然上马始身轻①。

玉关去路心如铁②,把酒何妨听渭城③。

[注释]

①翩然:形容动作轻捷。

②玉关:玉门关。

③渭城:指王维的《渭城曲》。

[点评]

　　题为《塞上曲》的组诗,作于淳熙十五年(1188)秋诗人任满小住山阴期间。原题共有四首,都是歌颂许国从军、想象王师北伐的内容,这是第四首,侧重于抒写诗人的个人情怀和抱负。

"老矣"两句写自己年龄虽大,但身手不凡,志在万里。写这首诗时,陆游年已六十有四。在一般人看来,确实可算"老矣"。但陆游这个人生性好强,他打心底里不肯轻易服输,更不甘服老。为了证明自己尚有立功报国的实力,他跃身上马,动作麻利、敏捷、轻快。"犹思万里行"意思是说还想从军北伐,奔赴万里之外的边疆立功安邦。这两句用动作描写,生动地刻画了一个年事已高但英气犹存的老战士形象,其行状身姿宛在眼前。

"玉关"两句反映诗人刚烈豪迈的个性。"玉关"位于阳关的西北,从空间距离上讲,比阳关更为遥远,唐人就有"春风不度玉门关"的哀怨。而诗人一心想奔赴比阳关更远的玉门关一试身手,说自己去意已定,心如铁石,不可动摇。离别的时候,不妨喝喝酒、听听著名的"渭城"之歌。《渭城曲》是唐朝诗人王维创作的一首送别友人的离歌,其中最后两句"劝君更尽一杯酒,西出阳关无故人",充满了依恋不舍的伤感之情,曾打动过许多离别之人的心,使《渭城曲》几乎成了离歌的代词。刘禹锡的"旧人惟有何戡在,更与殷勤唱渭城",白居易的"相逢且莫辞推醉,听唱阳关第四声"等诗,都表达了类似的伤感情调。唐人视阳关为绝远畏途,因此在歌咏这首诗的时候心里不免感到十分怅惘忧伤,这大概与原创者的精神气质有关。陆游一向喜欢粗犷豪壮的边地生活,把能出塞当作人生最大的理想和安慰。他在不少诗中都尽情地歌颂过赴边的乐趣,视跨鞍马上、驰骋疆场为前缘,并说自己"闭塞车中定怅然"(《书事》),根本不习惯也不愿意过清贵悠闲的生活。基于这样的思想性格基础,他当然不会以远出玉门关为苦。"把酒何妨听渭城",变消沉低徊为轻快昂扬,一反古人的伤感情调,凸现出诗人的英雄气概和不同寻常的个性风采。

秋夜将晓出篱门迎凉有感

三万里河东入海①,五千仞岳上摩天②。

遗民泪尽胡尘里,南望王师又一年。

[注释]

①河:黄河。

②仞(rèn 刃):古时以八尺为仞。岳:此指西岳华山。

[点评]

诗从时光的流逝写起。"三万里河"滚滚东流,使人想到孔子在黄河边的感喟:"逝者如斯夫,不舍昼夜!"是的,从"靖康之变"到作者写诗的绍熙三年(1192)已将近七十年。时光匆匆而过,而中原的大好河山仍沦落在金人的铁蹄之下,恢复无望,怎能不让人心潮起伏?

陆游热爱祖国,盼望中国统一。诗中的黄河和华山,是他日夜所梦想见到的,"三万里河"和"五千仞岳",代表着沦陷的故国河山。他在另一首《寒夜歌》中也念念不忘:"三万里之黄河入东海,五千仞之太华摩苍旻。坐令此地没胡虏,两京宫阙悲荆榛!"诗人的心总是和中原河山血肉相关,与中原人民心息相通。所以,他能设身处地地为中原父老着想,体会他们的处境和心愿。"遗民"二句,从对方着笔,写遗民含泪南望王师,盼望国家统一。"南望王师又一年",一个"又"字,包含着诗人无限的忧愤与同情。陆游在稍后的《夜读范至能〈揽辔录〉》一首诗中更进一层写出了自己的沉痛之由。中原父老不知道南宋统治集团内部打击迫害抗金势力,所以至今心存希望。如果他们知道南宋朝廷根本不思恢复,又当是何等的失望、痛心!

陆游在垂暮之年,穷居山阴偏僻的山村里,秋夜难眠,想的不是个人的荣辱利害;他心念北伐,寤寐辗转,半夜起来在篱门外迎着料峭的寒风,孤独的身影在展望中原时黯然伤怀,怆然涕下。诗人的爱国情思,已渗入到日常生活的点滴之中。读这样的诗作,怎不让人对这位老诗人肃然起敬!

夜读范至能《揽辔录》①

公卿有党排宗泽②,帷幄无人用岳飞③。

遗老不应知此恨,亦逢汉节解沾衣。

[注释]

①本诗原题为:《夜读范至能〈揽辔录〉,言中原父老见使者多挥涕,感其事作绝句》。范至能:范成大,字至能,孝宗乾道六年(1170)曾出使金国,回来写了一本笔记《揽辔录》,叙说出使中原见闻。

②宗泽:抗金主战名将,忠勇爱国,被主和派排挤,抱恨而死。

③帷幄:军帐。岳飞:抗金名将,后被主和奸相秦桧以"莫须有"罪名陷害致死。

[点评]

这首诗是绍熙三年(1192)冬,陆游在山阴农村偶然读到范成大出使金国时的日记《揽辔录》,有感于中原父老痴情恋国的情感而写。诗一针见血地点破了南宋朝廷不能收复中原的深层原因:"公卿有党排宗泽,帷幄无人用岳飞。"投降派当道,爱国志士惨遭迫害,统治者推行的是和戎政策,一代爱国志士只能抱恨终天,这就是陆游眼前的现实。但这一切怎能向中原父老诉说交代?"遗老不应知此恨","不应"两字既是诗人内心痛苦的回避,不忍心让中原父老了解南宋统治者自坏长城、自甘屈辱的现实,怕浇灭他们心头依然燃烧的希望之火,又体现了诗人对遗民无比同情和对投降派的无比愤恨。遗民尽管不知这残酷的政治内幕,但一见到南来的使节,已是潸然涕下,感慨不已。诗人在此退一步写尚且如此,倘若进一步联想又当如何?诗至此戛然而止,留下无穷的深意,见于言外。

这首小诗有感而发,秉笔直书,劲直激昂,陈述有力,联想深刻,句句牵心。如与后面的《追感往事》一诗参读,就更能认清南宋统治集团色厉内荏、丑陋无比的面目与本质。

书　愤

早岁那知世事艰,中原北望气如山。

楼船夜雪瓜洲渡①,铁马秋风大散关②。

塞上长城空自许③,镜中衰鬓已先斑。

出师一表真名世,千载谁堪伯仲间④。

[注释]

①楼船:战船。瓜洲渡:在今江苏邗江瓜洲镇,位于长江北岸,与镇江隔江相对。

②大散关:在陕西宝鸡西南。宋金西北以此为界,是边防重地。

③塞上长城:南朝刘宋卫国名将檀道济曾自称"万里长城",陆游在此自比。

④伯仲:兄弟,此有比肩并称的意思。

[点评]

　　这首被清人推为陆游七律压卷之作的名篇,写于淳熙十三年(1186)诗人在野时。陆游自江西抚州任上被黜落免官后,一直在故乡山阴闲居,至此已进入第六个年头。由于长期的投闲置散,致使诗人内心非常压抑苦闷。北伐凤愿未了,志士收身农桑,忧愤郁积心头,日深难平。许多感触都猬集交织在一起,融成一股蓄势欲喷的地火,在诗人心头激荡。这股潜流蓄势既久感慨又深,终于在一个料峭的早春,不失时机地从诗人笔底喷薄而出。短短五十六个字,道尽陆游一生之忧愤感慨。

诗的前三联出笔如椽,概言一生作为、遭际。首联畅抒少年豪气:早岁如初生之犊,北望中原豪气冲天,志欲灭胡,哪里知道行路艰难、世事艰险! 孟子说"志者气之帅,气者志之充",气是志在行动事业上的表现。在爱国之志的驱动下,诗人中年积极投身北伐,其壮举令人刮目相看。"楼船"句渲染诗人任镇江通判时,瓜洲一带遭遇的北伐气氛,"铁马"句则回忆南郑惊心动魄的军旅生活。这两句紧承"如山",写中年事业,取象壮浪,气势雄健,境界开阔,充满激情,可看作他终生心期的事业写照。颈联转写眼前感慨:诗人曾以捍卫国家、扬威边地的名将檀道济自期,现在看来这种理想已经落空;而镜中自看,两鬓斑白,一事无成。这一联突出理想与现实的矛盾。"空""已"两字下得沉痛、悲怆,是"愤"之所由,"愤"之所结,"愤"之所在。由此切入,再深入体会陆游用典,我们还可以联系到典故外隐含的事实:刘宋名将檀道济功大德高,最后被宋文帝所杀。临刑前,檀道济愤怒地痛斥"乃坏汝万里长城"! 自坏长城,历来是爱国志士最痛心、最不愿意看到的事实。而南宋在对金问题的处理上,自坏长城的做法岂止一二? 且不说岳飞横遭杀戮、宗泽被排斥致死、王炎东召后遭诬被贬,就是陆游自己也因"力说张浚用兵"而屡遭投降派无情打击,并被冠以各种各样的罪名弹劾、排挤出朝,黜落归乡。《灌园》一诗简直可以作为这联诗的注解:英雄失志投闲的寂寞与愤世之情尽在其中。如果是一般人书愤,可能会就此打住,徒"愤"而已。陆游书愤的可贵在于"愤"而不哀,愤中反而能骤然发力,充分显示出笔底功夫。"出师"一联,既是设问又是自许,通过对诸葛亮力行北伐、鞠躬尽瘁精神的礼赞,讽刺鞭挞南宋的投降政策。至此,诗人个人雄略未得施展的积愤,对当时无人主持北伐、国威不振的忧愤,两种感情在末句会合,使诗人所书之"愤"具有更深刻的时代精神和广泛的社会意义。结句大气包举,饶有兴会,"绝无鼓衰力竭之态"(《瓯北诗话》),不愧是大家手笔。

这首七言律诗悲歌慷慨,气韵沉雄,包容性大,概括性强,是陆游所有以《书愤》为题的七律中最富有个性的一首。诗作的认识价值已不须赘言,诗的艺术价值也令人瞩目。观其整体,固然高妙,即使于一联一句求之,也不乏惊人之处。如"中原北望气如山"写生形象,"楼船夜雪瓜洲渡、铁马秋风大散关"一联的用典对仗,意象镕铸以及这联景语在整首抒情诗中精心构筑,都是令人拍案称绝的。故清人纪昀(晓岚)指出:"此种诗是放翁不可磨处。集中有此,如屋有柱,如人有骨。"(《瀛奎律髓刊误》)

汉宫春

初自南郑来成都作

羽箭雕弓,忆呼鹰古垒,截虎平川。吹笛暮归野帐①,雪压青毡②。淋漓醉墨,看龙蛇、飞落蛮笺③。人误许,诗情将略,一时才气超然。　　何事又作南来?看重阳药市④,元夕灯山。花时万人乐处,欹帽垂鞭⑤。闻歌感旧,尚时时流涕樽前⑥。君记取,封侯事在⑦,功名不信由天。

[注释]

①笛:一种管乐器。

②毡:毡帐。

③蛮笺:蜀笺,唐宋时产于四川的彩色纸张。

④药市:据《老学庵笔记》,成都九月九日有药材集市。

⑤欹(qī 期)帽垂鞭:歪带着帽,垂着马鞭,从容而过。

⑥樽前:酒杯前。

⑦封侯:用《后汉书·班超传》事。班超少有大志,尝投笔叹道:"大丈夫因立功异域,以取封侯,安能久事笔砚间乎?"后来果然立大功,封定远侯。

[点评]

　　乾道八年(1172)岁暮,陆游从南郑前线调回到四川成都,心里很不情愿,就好像一个鼓足勇气披锐执戈、正准备冲锋杀敌的战士被迫从战场撤回,一场排演日久的剧目刚刚拉开序幕却被告知必须停止上演一样,难免使人愕然、怅惘、遗憾!

　　陆游在南郑王炎幕中,曾经有过一段十分惬怀的生活。他在诗中写道"生长江湖狎钓船,跨鞍塞上亦前缘"(《书事》),自觉与塞上有缘。事实确也是这样:他一入南郑前线,就被川陕一带雄伟险要的山川形势所吸引。他景慕川陕一带雄豪的民风,喜欢紧张、热烈而刺激的军中生活,特别是川陕前线自觉的恢复热情。尤其令人感动振奋的是,自称"投笔书生从来有,从军乐事世间无"的他,在南郑似乎找到了张扬平生习气的最佳舞台。然而,正当陆游情绪高涨地准备直接参加北伐战斗时,主帅王炎被召,一时间幕中僚友四散。"渭水岐山不出兵,却携琴剑锦官城。"(《即事》)陆游也从气氛热烈的前线,退至花团锦簇的大后方成都。从军不到一年,"执戈王前驱""上马击狂胡"的人生理想即被击得粉碎。

　　这首词当是乾道九年(1173)陆游调回成都后不久的感怀之作。词上下两片今昔对比,泾渭分明。上片是对南郑军旅生活充满深情的回忆。词人在南郑的时间尽管不到一年,但有许多事却是终生难忘的,有的竟成为他一生回味不尽的诗料。词只是截取了三个典型的生活片断加以表现。第一组画面生动再现自己在军幕时弯弓射雕、呼鹰刺虎的壮举。

"羽箭雕弓",刻画了作为战士的外在形象。"呼鹰古垒,截虎平川"是作者在诗词中屡屡提起的豪举,凡十余见。如"云埋废苑呼鹰处,雪暗荒郊射虎天。"(《书事》)"去年射虎南山秋,夜归急雪满貂裘。"(《三月十七日夜醉中作》)"昔者戍梁益,寝饭鞍马间……挺剑刺乳虎,血溅貂裘殷。"(《怀昔》)挺身刺虎是他军旅生活中一个突出镜头,亦可视作气吞狂虏的一种精神象征,是力量和勇气的自我检阅。行猎时有这等壮举,说明陆游身手非凡,完全有跃马疆场的实力。军中生活是豪放悲壮的,同时也是艰苦刺激的。第二组画面写行军露宿,在一片清笳声中,战士露营夜宿,帐外则是一片白雪笼野、冰封天地。艰苦的环境可以衬托词人坚定无畏的许国之心,也最能磨砺人的意志,劳其筋骨方见英雄本色。下面"淋漓醉墨"句则挥洒自如,写得潇洒尽兴!作者最擅草书,醉中落笔如龙蛇飞舞,洋洋洒洒,笔墨所至,酣畅淋漓。一个才气横溢、诗意纵横的浪漫诗人形象如在面前!至此,三幅画面武略文才尽摄笔底。过片处"人误许"虚晃一笔,"诗情将略,才气超然"才是对三组镜头的最好总结。

下片开笔就发浩叹,"何事"句包含着陆游对从军不果的愤慨与责问。成都的繁华舒适生活,重阳药市,元宵灯火,还有万头簇拥的花市,虽则喧嚣热闹,但这种闲散的生活只能使人消沉。词人身置其间"欹帽垂鞭",倍感颓唐无聊,对酒闻歌,黯然伤神,不复再有淋漓之笔、超然之气了。词人心里只有一个念头,就是像当年胸怀大志的班超一样,趁有生之年奔赴边塞驰骋疆场,在马背上获得功名。大丈夫不屈服命运的安排,不信功名由天定,这就是陆游的个性!

从这首词当中,我们可以看出陆游的人生目标非常明确:"平生万里心,执戈王前驱。"陆游有大量的作品都表明他怀抱的人生志向是尚武从军、敢为国殇。他的志向是从军习武,直接为恢复大业摇旗呐喊,冲锋陷阵。在未入蜀时,他就投诗参政梁克家,希望奋其所长。在南郑王炎幕中,他终于找到了实践人生抱负的感觉:戎装英姿,腾身刺虎,随军夜宿露营,倚马起草兵书。这一切都使他感到从未有过的兴奋和刺激,这才是个性回归的人生舞台。而生活偏要违背个性,活生生地让他离开心爱的人生舞台,让他到歌舞升平、繁华锦簇的锦官城里,做一名无所事事的闲散小官,他怎能不"时时流涕樽前"?

陆游一些描写壮志不酬的作品写得都极其出色。因为感情真挚源自内心,所以出手自然举重若轻。只须寥寥数笔,就能产生情景相生、深挚动人的艺术效果。后人评这类词"雄慨处似东坡""超爽处似稼轩"(杨慎)。有时虽然表达得不够蕴藉,但情之所至,本无暇遮掩,坦诚不隔,直接向人披露诗人那一颗悲怆受伤的心,亦有一种独特的感人力量。

诉衷情

　　当年万里觅封侯,匹马戍梁州[①]。关河梦断何处[②]?尘暗旧貂裘。　　胡未灭,鬓先秋,泪空流。此生谁料,心在天山,身老沧洲[③]。

[注释]

①梁州：此指南郑。

②关河：关口与河防。

③沧洲：水边之地，此代指隐者所居之处。

[点评]

　　陆游的词是不编年的，许多词作只能以文本所暗示的信息来判断大致的写作时段。从这首词提供的意象揣摩，当作于淳熙十六年(1189)词人罢归山阴之后。作者在词中以眼前的生活来返照当年，自然带有无限的感慨。

　　陆游是责任感很强的一类文人。他忧国伤时，希望能通过个人的奔走呼号和不懈努力，来唤起人们的北伐意识，洗雪国耻，重振他心目中大宋王朝的雄风。无论从哪个角度考察，陆游都称得上是一个襟怀坦荡的志士。尽管他在抒发爱国热情中，屡屡以"封侯"自许，像《夜游宫·记梦寄师伯浑》的"自许封侯在万里"、《汉宫春·初自南郑来成都作》的"封侯事在，功名不信由天"以及这首词开笔"当年万里觅封侯"，都希望自己能像定远侯班超一样建功立业，实现平生抱负。这样的反复陈述，会给人一个错觉：似乎陆游功名之念很重。如果真这样看，就误读了陆游。设想一下，在南宋这样一个积贫积弱的社会中，连半壁江山都在风雨飘摇之中，有谁真能像当年的班超一样"立功异域"，在马背上博取功名事业？在陆游年轻时，民族英雄岳飞被无辜杀害，抗金名将宗泽大呼过河而气绝。陆游自幼熟读兵书、谙熟历史，他怎不清楚"觅封侯"可能带来的不测后果！他在诗词中屡屡借用《后汉书·班超传》中的典故，一方面是出于他对大丈夫毅然投笔从戎壮举的激赏，更重要的是借班超故事激励自己的意志，坚定恢复中原的信念。当年"觅封侯"是男儿的天性，是时代对每一位有责任感的仁人志士的感召。陆游曾说过这样的话："功名在子何殊我，惟恨无人快著鞭。"意思是说只要有人快马加鞭促进抗金北伐，谁建立功业都一样，可见诗人的胸怀是宽广的、崇高的。他牵心的不是个人的功名能否成就，而是没有人著鞭参赞北伐，完成统一祖国的大业。所以在这首词中，我们可以把"当年觅封侯"与他在南郑前线参加抗金斗争、奔走梁益间的戎马守边生活联系起来，这种说法就显得真切可感了。当年是"匹马戍梁州"，今天又是怎样一副光景呢？"尘暗旧貂裘！"时间跳跃过渡十分自然。当年戍梁州时穿的战袍，东归后已久弃不用，早已积满尘垢黯淡无光了！

上片四句是从时间跨度上落笔，突出当年与今天的反差。下片四句则偏重从空间距离上对比，突出理想与现实的矛盾。"胡未灭，鬓先秋，泪空流"三个短句，一字一顿，诉说一生心事。"心在天山，身老沧洲"是一幅四言对句，八个字对比鲜明，概括了两种不同的生活场景与生活结局，也是诗人一生中不可调和的矛盾与苦闷所在。

陆游的一生总是充满了各种矛盾与遗憾。现实与理想，眼前与过去，愿望与实际，梦境与醒后，包括生活的、事业的、人生的、爱情的种种方面。这些强烈的反差对比，常常是词人抒情时最动人的题材。它能激荡感情，构成冲突，掀起波澜，是激动人心最强烈的外在因素。加上作者如泣如诉的真诚剖白，使这一类作品更具震撼人心的魅力。这首词，也是同类主题中最富典型意义的名篇之一。

夜读兵书

孤灯耿霜夕^①,穷山读兵书^②。

平生万里心,执戈王前驱^③。

战死士所有,耻复守妻孥^④。

成功亦邂逅^⑤,逆料政自疏^⑥。

陂泽号饥鸿^⑦,岁月欺贫儒。

叹息镜中面,安得长肤腴^⑧。

[注释]

①耿:照明。

②穷山:深山,此指云门山,陆游之父陆宰在此建有别业。

③执戈:拿起武器。前驱,在前面奔走。这句是用《诗经·卫风·伯兮》“伯也执殳,为王前驱”之意。

④妻孥(nú 奴):妻子儿女。

⑤邂逅(xiè hòu 谢后):偶然遇到。

⑥逆料:预料。政:同“正”。疏:迂阔。

⑦陂(bēi 卑)泽:低洼积水处,喻艰苦的处境。

⑧长肤腴:皮肤丰满滋润,永不衰老。

　　众所周知,宋代社会风气是重文轻武,士大夫多崇尚儒雅,把习文修身看作是安身立命的根本。特别是北宋,尚文风气尤其盛行,习武之人则往往被人轻觑。像北宋著名词家贺铸年轻时近侠,任武职没有出路,经人推荐后才转为文职,但终因任侠尚气之性不改,郁郁不得志。北宋沦陷后,外族入侵,大敌当前,朝廷本应习武图强,呼唤武治以恢复中原。但由于统治者信奉苟安政策,一些有将帅之才的爱国志士和习武之人实际上仍处于投闲状态,根本没有得到真正的重视。

　　陆游生于危亡,民族蒙受的兵燹丧乱使他深切地感受到习武的重要。他从小爱读兵书,一方面源于他个人的秉性,另一方面也源于家学熏陶,祖上深谙兵法,家中有许多这类藏书。他的祖父陆佃管过武学,懂得孙武、吴起兵法,对兵书颇有研究并有著述。陆游早年读兵书、学军法、习剑术、练武功,常以有史才武略自期,十分注意培养自己武治方面的能力。这首作于会稽云门山草堂的《夜读兵书》诗,就是他年轻时期尚武精神和爱国思想的集中体现。

　　诗描述了这样一个场景:一个深秋的夜晚,在云门山深处的别业内,有一位年轻人正专心致志地挑灯研读兵书。他的眼神是那么的专注,他的神态又是那么的忘我投入,荒僻的山野四周已是万籁俱寂,唯有窗前孤灯独明,烛照着一颗年轻的忧时爱国之心。手捧兵书,诗人的思想异常兴奋,情绪也显得特别激昂。他幻想着也像古人那样"执戈王前驱",冲锋在前,奔赴国难。"平生万里心"以下六句,是抒发由读兵书而引发的志向和情怀。诗人以为战死沙场、为国捐躯原是男儿本色,虽死犹生;而顾念家室、踌躇不前,守在家里不管国事,是最可耻的。成功虽属偶然,但战士是不计得失的。对功名事业能否成功预先考虑得太多,反而显得迂阔而不切合实际。这六句诗的一番自白,剖露出他作为一个爱国志士、热血青年的炽热情怀,大有"男儿何不带吴钩,收取关山五十州"奋然向前的丈夫气概。这种强烈的报国之心和献身精神,读了令人振奋;他对功名坦诚的看法,读了使人感动。

诗的最后四句是写直面现实后的苦闷。正当诗人慷慨赴国、壮怀激烈之际,荒野中突然传来了饥鸿的悲号声,这声音显得特别凄凉刺耳。诗人以饥鸿来比喻饥民,暗示现实生活的触目惊心。金人的大举入侵使人民流离失所,挣扎在饥饿和贫困之中。此时诗人眼前仿佛又呈现出早年遭丧乱时奔走流离的场景。岁月在无情地流逝,这种苦难的感受却一刻也没有淡忘! 一想到这一切,他就无法安生。心里感觉到岁月好像故意在欺负人似的,让人空怀抱负、虚生白发!"贫儒"是作者自指,自嘲仍是一介书生布衣。古人有"达则兼济天下,穷则独善其身"的人生信条,陆游此时尚未步入仕途,显然是属于"穷"的时候。但侠士的天性使他无法忘却现实远离政治而袖手旁观。"饥鸿"之声,时时触动着诗人的心,使他"叹息肠中热",情不自禁地为之动容,为之忧心,为之憔悴。"叹息镜中面,安得长肤腴"这种忧时劳心,与他晚年"身为野老已无责,路见流民总动心"的责任感是一脉相通的。

陆游写这首诗时,已经历了人生的两大挫折。一是来自仕途的打击:陆游二十九岁时,赴临安锁厅试,名列第一,因触犯了权臣秦桧的私利,而被秦桧黜落,初试锋芒就遭到了投降派的无情打击,这件事对他触动很大。二是个人婚姻的不幸:与唐氏有情人难成眷属,抱憾终生,也时时触动他敏感善良的心。然而这一切毕竟都过去了,并没能消磨陆游的精神意志。仕途的挫折,使他更清楚地认清了投降派的丑恶嘴脸,决心与它势不两立。爱情婚姻的伤痛,使他索性暂时抛开儿女情长,舍身忘家投入到他所崇尚的事业中去。这首诗就是在这样一种背景下写就的。诗中如"平生万里心,执戈王前驱。战死士所有,耻复守妻孥""岁月欺贫儒"等句子,包含着诗人很深的人生体验,有许多感触,是诗人用坎坷不遇的生活换来的。

陆游早年从江西诗人曾几学诗。曾几擅长古体,陆游也承其衣钵,深得章法严整之妙,而气韵沉雄豪迈更有出蓝之胜。诗从夜读兵书入笔,写心明志,把自己壮志之难伸与人民的饥寒苦难生活结合起来写,昭示出南宋社会的弊端,使作品更有深度。

金错刀行①

黄金错刀白玉装,夜穿窗扉出光芒。

丈夫五十功未立,提刀独立顾八荒②。

京华结交尽奇士③,意气相期共生死。

千年史策耻无名④，一片丹心报天子。

尔来从军天汉滨⑤，南山晓雪玉嶙峋⑥。

呜呼！楚虽三户能亡秦⑦，岂有堂堂中国空无

人！

[注释]

①金错刀：一种用黄金镶镀、白石嵌柄的名贵宝刀。

②八荒：八方荒远之地。这里指四海九州。

③京华：京都。

④史策：史册。

⑤尔来：近来。天汉滨：汉水旁，指汉中。

⑥嶙峋（lín xún 林寻）：山石重叠不平的样子。

⑦"楚虽三户"句：战国时，楚国受秦国的欺凌，楚怀王被扣
留客死秦国。楚人喊出"楚虽三户，亡秦必楚"的口号，说即
使楚国只剩下几户人家，也要报仇灭秦。诗人引用这句话，
以示抗金的决心。

[点评]

　　陆游向往从军生活，对沙场、战鼓、宝刀、利剑自然拥有
一份特殊的感情。在陆游诗中，宝刀常常作为爱国情志抒发
时活生生的道具意象出现："少携一剑行天下"（《灌园》）、
"壮士抚剑精神生"（《深秋》），刀剑已成为他表现爱国情志
不可或缺的一种手段和外物凭托。他对宝刀意象的调遣运
用，显得十分得心应手。

　　这首歌咏黄金错刀的诗，非徒然为咏刀而作，实际上是

一首借物言志的著名抒情诗。作者借物起兴，先极力渲染赞美黄金错刀的雕饰名贵和锋刃的光彩逼人。然后笔锋陡转，直接推出宝刀主人五十功名未立、"提刀独立顾八荒"壮志不遂的生动形象。宝刀既然是壮士杀敌的武器，拥有这样稀罕名贵的宝刀理应物尽其用，让它在沙场上一试锋芒，尽显神威。然而，诗中的金错刀也是一把失意的宝刀，尽管它精美绝伦，寒光四溢，但自从它跟随宝刀主人以后，也就与主人失意的命运紧紧联系在一起了。诗人报国无门，提刀独立，置身广漠的天地之间，四顾慨然。"含笑看吴钩"本是英雄气概的象征，辛弃疾在建康赏心亭前的"落日楼头，断鸿声里"，也"把吴钩看了"（《水龙吟》）。但这种"看"，已是徒然而"看"，与陆游"提刀独立"四顾八荒的失意情怀，当是心意相通，如出一辙，抒发的都是有志者竟不成的悲愤。这种苦闷都需要宣泄、剖白。辛弃疾连用三个典故，拍遍栏干，一吐壮志难酬的满腔怨恨，还请天涯沦落的红巾翠袖为他拭擦英雄之泪，抑塞郁愤之情，百炼之后催化为绕指之柔，深婉不露。陆游这首诗则感情激愤，"京华"以下八句，一方面回顾当年京都结交奇士的壮举，一方面重申近来从军南郑的豪情，风风火火，感情一路迸发，直至"呜呼！楚虽三户能亡秦，岂有堂堂中国空无人"的大声疾呼，情感如奔涌呼啸而来的开闸之水，势不可当。结尾处如响雷震耳，真能立顽起懦、惊世骇俗，一扫原先失意感叹之情，表达了诗人抗金复国一往无前的豪情。

这首诗情绪激昂，感情充沛。有人曾讥评这一类诗多"粗鲁叫嚣"流于空泛，我却不这么看。一首诗如能做到格高、情真、味厚三者兼备，固然最好。但作为一首单一的诗，

寸心如丹·位卑未敢忘忧国

⊙

23

必有某一方面的侧重。像陆游这一类抒情诗,作者注重的就是感情真实的投入,情是他的生命。他一味地抒发,有时虽不大注意手法的变化运用,一如大丈夫见客,大踏步向前走去,不会作态。但坦坦荡荡、直性表白,不也是真情的一种披露吗?

关山月①

和戎诏下十五年②,将军不战空临边。

朱门沉沉按歌舞③,厩马肥死弓断弦④。

戍楼刁斗催落月⑤,三十从军今白发。

笛里谁知壮士心,沙头空照征人骨。

中原干戈古亦闻⑥,岂有逆胡传子孙!

遗民忍死望恢复⑦,几处今宵垂泪痕。

[注释]

①关山月:汉乐府《横吹曲》名之一。

②和戎诏:指隆兴二年(1164)宋孝宗赵昚(shèn 渗)下诏与金人签订的"隆兴和议"。

③沉沉:幽深的样子。按:演奏。

④厩(jiù 救):马棚。

⑤戍楼:边防守望的岗楼。刁斗:军中打更用的东西。

⑥干戈:指战争。

⑦忍死:不忍死。屈辱活着。

[点评]

和戎是南宋统治者对金屈膝的一贯政策。自从隆兴元年符离一战失败后,统治者就急着向金求和,并签订了卖国苟安的和约,从此也不敢再提"北伐"二字。文恬武嬉,苟且偷安,岁月就这样年复一年地逝去。当和戎进入第十五个年头(淳熙四年1177)时,爱国诗人双鬓已被催白。回首往事,不胜感慨。这年春天,诗人寓居成都,用乐府旧题一口气写了《关山月》《出塞曲》《战城南》三首诗,一吐忧国伤时的愤慨。

《关山月》是这组乐府诗中的第一首。汉唐的《关山月》多写月下场景,陆游这首诗也不例外,集中描写了月下三组镜头。第一组是月下将军:南宋的军队本来就缺乏实战能力,再加上统治者不思用兵,将军守边不战,无所事事,整日在高楼大院里观赏歌舞。马棚里的战马因长久不到沙场作战而肥死,弓也因多年废弃而断了弦。这一切让人触目惊心! 战马不是战死沙场,而是死于马厩,弓不开张自断其弦,这简直是对南宋军队的莫大讽刺! "戍楼"以下四句描述的是第二组画面:月下守边的士兵,在边关无聊地打发日子,刁斗声中战士头发都熬白了,而他们所怀抱的一腔报国之志,有谁能真正理解? 他们之中有的抱憾终生,暴尸沙场。在这几句诗中,作者对战士的遭遇充满了深切的同情和悲悯,同时也有他同病相怜的一掬伤心之泪。最后四句是对月下中原遗民脸部泪眼的特写:陆游仿佛看到中原父老忍辱吞声、翘首盼望王师恢复的消息。他们心怀故国,对月伤情,不甘沦为亡国奴;含泪忍死,等着祖国统一的那一天。月下这一个个伤感的场景,都因和戎诏而起,又因和戎诏而黯淡凄恻。由此可见,第一句实是贯穿全诗脉络的主脑,也是决定整首诗情感的基点。是和戎诏葬送了恢复事业,使月下包括诗人在内的志士抱恨终生。

　　这首诗不惟感情强烈,在艺术构思上也很有新意。天上高悬一轮明月,月下三组别样的镜头:将军守边不战,战士老死疆场,遗民忍气吞声。多角度的整合,组成了一个完整的画面,来表现一个鲜明的主题:和戎诏是不得人心的,它违背广大人民的意愿,只能给国家及民族带来灾难。

　　诗一共十二句,每四句一转韵,又采用平仄相间的手法,使声韵节奏抑扬顿挫,铿然有金石之声,适合表达作者慷慨悲怀。

陇头水①

陇头十月天雨霜②,壮士夜挽绿沉枪。

卧闻陇水思故乡,三更起坐泪数行。

我语壮士勉自强,男儿堕地志四方。

裹尸马革固其常③,岂若妇女不下堂④?

生逢和亲最可伤,岁辇金絮输胡羌⑤。

夜视太白收光芒,报国欲死无战场。

[注释]

①陇头水:乐府诗题,属横吹曲辞。

②陇头:地名,在今陕西陇县西北。

③裹尸马革:指战死疆场,献身国家。语出《后汉书·马援传》:"大丈夫当死于疆场,以马革裹尸还葬耳。"

④妇女不下堂:语出《春秋》襄公三十年《谷梁传》:"妇人之义,傅母不在,宵不下堂。"这里指女子谨小慎微,拘泥受约束。

⑤辇(niǎn 捻):用车运载。胡羌:借指金人。

⑥太白:即金星,古代星象中有太白主战的说法,是兵戎军事的象征。

[点评]

　　乐府歌辞《陇头水》是乐府横吹曲辞中最哀婉凄绝的曲调之一。古乐府《陇头歌辞》唱道:"陇头流水,流离山下。念吾一身,飘然旷野。""陇头流水,鸣声幽咽。遥望秦川,心肝断绝。"郭茂倩《乐府诗集》所录从汉谣到唐诗,陇头水流淌在诗人笔端的无一例外都是鸣咽伤感的断肠之声。梁元帝有"衔悲别陇头,故乡迷远近"之句,初唐四杰之一的卢照邻也有类似的感触。"关河别去水,沙塞断归肠。"陇头水千古不堪闻,它是那么的凄厉伤情,以致每过陇头之时"征人塞耳马不行"(王建诗),"驻马听之双泪流"(王维诗)。乐府旧题集体无意识的积淀,使《陇头水》笼罩着一层忧伤凄迷的怀思气氛。正是在历史氛围的导示下,陆游也开始了他的吟唱。

头四句写陇头守边壮士寒夜思乡的情景。陇头十月天气异常寒冷,守边战士抚枪兴叹,卧听陇头水声,勾起怀乡之情无法入眠,"三更起坐"潸然泪下。这四句在取材立意方面基本上承乐府旧题而来,内容上与汉唐乐府同类诗保持一致,刻画出一个守边战士寒夜怀乡的心理活动。

"我语"四句的承接,使原本单向的情感流露变成了双向的思想交流,并引出戏剧性的情节与对话。当"我"看到战士如此伤感时,忍不住想勉励他:男儿当自强不息,志在四方,在沙场上应勇往直前。即使战死在疆场,用马革裹尸还葬也是光荣的、值得的。怎么能像妇女那样足不出户,围着小家庭转?这里"男儿堕地志四方"和"裹尸马革固其常"二句是正面激励。"岂若妇女不下堂"则采用反讽的手法,对上面壮士三更起坐,有泪轻弹似有微辞,略致不满。也就是说,把壮士之泪单纯地理解为属于个人的思乡怀土的情绪表现,那到底是不是这么回事?请看战士的表白。

"生逢"四句用战士回答的语气,慷慨陈词剖白心迹,以返照前意,深化主题。原来最使战士伤心弹泪的不是那撩人乡愁的陇头水,而是战士"生逢和亲"的时代悲哀。和亲使国家民族,特别是守边的战士失去了最宝贵的自信与尊严。南宋政府屈辱投降,在短短的几十年间,就先后与金人签订了两个丧权辱国的和议。"绍兴和议"规定每年向金缴纳白银二十五万两,绢二十五万匹。"隆兴和议"向金人屈膝称叔,自称侄国。陇头水,你有没有听到战士深沉的倾诉?不眠的战士正仰望着天空,看到主战的太白星黯淡无光,不禁仰天长啸:苍天呀!我是多么想紧握心爱的绿沉枪奋勇杀敌,洗雪国耻,但哪儿才是我"马革裹尸"的战场!壮士"报国欲死无战场"是对朝廷"和亲""岁辇金絮"投降政治的愤怒控诉和批判!

这首乐府诗虽也是以闻陇头水起笔,全诗笼罩着一种伤感失意的情怀,但悲凉中含慷慨,忧伤中带激愤,立意也与前人乐府有所不同。乡思已不是主要内容,忧国伤时的主题更接近《关山月》等一批爱国诗。尤其值得一提的是,其中的主体形象刻画非常成功。他要抗争呐喊,要控诉卖国和亲,在呼唤英雄用武的战场!诗中战士的性格内涵十分丰富深刻,对他的刻画也很有层次,经历了由表及里、逐层发掘的过程。诗人先叙表象再介入议论,后点破主题,欲扬先抑,首尾呼应,中有异峰突起,使情节对话一波三折跌宕多姿,人物性格立体丰满。在写作上又继承了古乐府"感于哀乐,缘事而发"的优良传统,截取一个典型事例,融叙事、议论、抒情为一体,更好地表现了作者深邃的爱国之情。

老马行

老马虺隤依晚照①,自计岂堪三品料②?

玉鞭金络付梦想,瘦稗枯萁空咀噍③。

中原蝗旱胡运衰,王师北伐方传诏。

一闻战鼓意气生,犹能为国平燕赵④。

[注释]

①尩隤(huī tuí 灰颓)：马有病的样子。

②三品料：北汉刘旻战败时独骑黄骝马逃命，回太原后为此马饰以黄金玉笼鞭，以三品官的待遇饲养。料：饲料。

③瘦稗(bài 败)枯萁：指粗恶的下等饲料。咀嚼(jǔ jiào 举教)：嚼。

④燕赵：古国名，指今山西、河南、河北一带。此代指沦陷的中原。

[点评]

南宋自绍兴、隆兴和议以来，一直向金岁贡厚币，卑躬称侄，致使一代爱国志士在朝廷的和戎声中抱恨终生。如张孝祥、张元干、胡铨、陈亮等抗金主战人士，都没能等到开禧北伐的那一日而相继谢世。陆游享年较高，在有生之年能看到朝廷再一次兴师北伐。作为一个老战士，他眼看苦盼了整整四十几年的北伐愿望又要实现，怎能不欣喜万分积极声援支持？此诗写于开禧二年(1206)宋王室正式向金宣战那一年的八月。尽管诗人已是八十二岁的高龄，但他依然忘情投入，还把自己幻想成一匹久经沙场的老马，准备效力军前为北伐贡献最后的力量。

诗运用了中国传统的比兴寄托手法，托物言志，即景抒怀。前半首描述老马粗草恶食、衰病凄凉的晚景：在夕照的映衬之下，我们仿佛看到一匹老马正艰难地咀嚼着干草枯萁，并发出声声叹息，这幅画面其实就是诗人困顿晚景的真实写照。从"中原北望气如山"的少年志士，到眼前这匹尩陨衰迈但一闻战鼓"犹能为国平燕赵"的伏枥老骥;从力说张浚用兵的隆兴北伐,到力排众议支持韩侂胄宣战的开禧北伐,陆游走过的路是极其坎坷不平的,遭遇也正如这匹被人菲薄、遭人冷遇的老马。但他并不以个人仕宦的得失为怀,还是一如既往地关注着时代风云变幻。当他听说"胡运衰""王师北伐"的消息后,抑制不住心底的激动——诗的后半首集中刻画了老马内在的品格意志精神面貌。一匹衰病的老马,一闻战鼓号令就忘却身上所有的衰病创痛,立即精神抖擞,跃跃欲试,意气倍增。战鼓声中,这匹遭人冷落的老马终于焕发出烈士暮年生命中最耀眼的光彩。英雄的本色,壮士的情怀,在这首诗中得到了最好的印证。

陆游晚年,不以衰贫为念,反以老马自喻,不忘国事,自言"耄年肝胆尚轮囷"(《观邸报感怀》),"壮心未与年俱老,死去犹能作鬼雄"(《书愤》),表示愿意奔赴国难为国尽瘁,死而后已。有这首诗在前、《示儿》诗殿后,我们更能深切地体会到诗人暮年为国开张的胸胆!

感事六言

老去转无饱计,醉来暂豁忧端。
双鬓多年作雪,寸心至死如丹。

[点评]

这首六言诗写于嘉定元年(1208)夏天,陆游八十四岁时。

开禧北伐失败后,以史弥远为代表的卖国贼抓住北伐丧师的机会,联络上下左右投降势力,制造了谋杀韩侂胄、镇压抗金势力的事件,并与金订立了屈辱的"开禧和议"。陆游因当时支持韩侂胄北伐而备受打击,致使在野的诗人因此落职失去半俸,生活更加贫困。面对投降势力的迫害,诗人没有屈服,"双鬓多年作雪,寸心至死如丹"正是他晚年心迹的生动写照。

这首六言诗,作者以充沛的感情、饱含正气的笔触、铿锵有力的字节,一字一顿,抒发了他对事业的执着无悔和贫贱不移永不衰竭的爱国之情。

梦里关山

铁马冰河入梦来

绝 句①

桐阴清润雨余天，檐铎摇风破昼眠。

梦到画堂人不见，一双轻燕蹴筝弦②。

[注释]

①本诗原题为:《夏日昼寝,梦游一院,阒然无人。帘影满堂,惟燕蹴筝弦有声。觉而闻铁铎风响璆然,殆所梦也邪?因得绝句》。阒(qù 去)然:形容静寂无声的样子。璆(qiú 求)然:玉器撞击的声音。
②蹴(cù 促):踢踏,这里是弹拨的意思。

[点评]

这首诗作于淳熙七年(1180)夏天抚州任上,和《梦从大驾亲征》诗几乎作于同时。但无论是梦境还是梦象,都相去甚远。诗所呈现的格调,风格也迥然有别。

这首绝句,叙说了午睡间的一场轻梦。

江南五月,酥雨润沐,梧桐清发,正是困人天气。诗人昼寝,不觉做了一个非常美丽的梦。梦中诗人恍惚来到心上人所居之处——画堂。但环顾四周,辗转之间不见伊人倩影,只听得一双轻燕在筝弦上跳跃,不时发出清越撩耳的声音。诗人猛然醒来,犹觉余音荡漾。睁眼寻声觅梦,原来是风吹檐铎,正发出丁丁零零的声音。

　　这个梦看似平淡无奇,其实饶有意蕴。它透露的是深埋在诗人心底的一份忆念,"画堂人"无疑是一位色艺俱佳、秀媚灵慧又畅晓音律的佳人。唯其如此,风摇檐铎,一个偶然的外物触动,才会诱发出诗人"双燕蹴筝"的美妙梦象。轻燕蹴筝,不就是丽人纤纤玉手在筝弦上盈盈弹拨的一种奇特改装? 由于诗人心中拥有无比爱怜之印象,因而梦象也就特别迷离动人。

　　这首短诗,语言清新婉丽,笔调轻盈飘忽,别具一种柔美深秀的情致。诗虽然没有明示"画堂人"身份,但从渲染的氛围看,似乎在追忆一段温馨和鸣的生活,与沈园怀人诗格调相似。

十一月四日风雨大作(二首)

风卷江湖雨暗村,四山声作海涛翻。
溪柴火软蛮毡暖①,我与狸奴不出门②。

僵卧孤村不自哀③,尚思为国戍轮台④。
夜阑卧听风吹雨,铁马冰河入梦来。

[注释]

①蛮毡:西南少数民族出产的毛毡。范成大《桂海虞衡志·

志器》:"蛮毡出西南诸番,以大理者为最,蛮人昼披夜卧,无贵贱,人有一番。"

②狸奴:猫的别称。淳熙十年(1183)秋天,陆游写过一首《赠猫》诗,记录他用"裹(包)盐"下"聘礼"迎来了看护万卷书的"小狸奴":"裹盐迎得小狸奴,尽护山房万卷书。惭愧家贫策勋薄,寒无毡坐食无鱼。"

③僵卧孤村:困居在孤村。

④轮台:古地名,在今新疆境内。这里泛指边塞。

[点评]

这是绍熙三年(1192)冬天一场狂风大雨催成的英雄梦!

年近古稀的诗人退居在三山农村灌园赋闲,阴寒的冬天风雨交加,四山如海涛翻滚。平日"游山如读书,深浅皆可乐"的陆游,此时不能出门,只好和他乡居时的小伙伴"狸奴伴寂寥""常看戏座隅"了。第一首写因风雨闭门困守柴门的寂寥与自适,记录的是生活的常态。第二首则异峰突起,写夜晚酣然入梦,梦见自己铁马英姿、驰骋在中原秋日的战场上,摹写的是心意所向。夜阑时分窗外的风雨之声,都化作梦境中沙场厮杀的场面。诗人虽没有具体描述军戎场景,但梦象本身的暗示,已足令人想见诗人平生之心愿。

陆游从小就立下了北定中原为国效力的志向,但由于朝廷腐败苟且偏安于江南,不思图进,终使这位诗人报国欲死无战场。一代爱国志士就这样老死于农桑间。这不仅是陆游个人的悲哀,更是南宋王朝的悲剧。陆游的可贵在于能在平淡中、逆境中始终保持昂扬的斗志和王师北定的信念。尽管僵卧荒村,但志在千里,至老不忘"王师北定中原日",梦中也慨然赴边,跃马沙场。诗中的梦象实是他平日心意所致。也是他中年南郑军旅生活的一种无意识显现。狂风暴雨和铁马冰河两种意象声势壮浪,为表现诗人的慷慨情怀壮气增色不少。

梦境多来自心念,同是外物的刺激触动,不同的心境会有不同的梦象。黄庭坚在马啮荳萁声中午睡,感觉是"梦成风雨浪翻江",说明他江湖念重。陆游在风雨声中入梦,梦见铁马冰河,是因为他许国情深。"夜听簌簌窗纸鸣,恰似铁马相磨声""忽忽雨掠蓬窗过,犹作当时铁马看",陆游诗中这一类句子特别多,日常生活中的些微刺激,都有可能使陆游突发奔赴沙场的奇想,这种一触即发的梦象,弥补了他生活中太多的遗憾,是诗人精神生活的依托和补偿。

这组诗前者笔触平实宛肖,场景温馨;后者下笔浓重粗犷,场面恢宏。可以反映诗人晚年生活的两端,颇具顿挫之美。

梦中行荷花万顷中

天风无际路茫茫,老作月王风露郎。

只把千樽为月俸,为嫌铜臭杂花香。

[点评]

关于这首记梦诗,宋人魏庆之在《诗人玉屑》中曾引录了这样一件事:嘉泰年间,陆游做了一个神奇的梦,梦见一位老朋友对他说:"我现在身为镜湖的莲花博士,是新任命的官。我将要离开,请你暂且代替我的职位,每月千壶酒的俸禄是很不错的。"梦醒后,陆游感到好奇,就用诗把这事件给记了下来:"白首归修汗简书,每因囊粟叹侏儒。不知月给千壶酒,得似莲花博士无?"事隔七年,陆游谢世前,又梦到万顷荷花中,似乎去赴七年前旧梦中老朋友之约。这首诗是《剑南诗稿》中最末的第二首诗,与临终绝句《示儿》诗紧紧相连。可见做这个梦时,陆游已在病中,从梦中描述的光景看,也极似人将离世前的幻觉,美好而绚丽。

如果宋人记载并非牵强的话,那么这个梦真是很有点巧合,可入诗料。旧梦相隔七年,居然还能接着做,而且在茫茫云路之间,似乎真有神奇的力量在召唤诗人入主镜湖,做个管领万顷碧荷的"莲花博士"。看来陆游对这个位置一直心存好感,所以梦中也就欣然接受了"月王风露郎"的头衔。他喜欢荷花的清香,欣赏荷花污泥不染的纯洁品格,这与诗人高洁的操守是何其相似!以千樽美酒为月俸,少了一分世俗仕途名利的铜臭气息,表明诗人对追求金钱利禄之辈的厌恶和鄙视。如此方正的品格,足以驳斥《宋史》"不全晚节"的清讯。无独有偶,与陆游同时代的女词人李清照生前也曾蒙受过无根之谤。当她谢世以后,人们却把她当作品格清高的荷花神来供奉礼敬。读了陆游的这首诗,我们仿佛也看到万顷碧波之上诗人款款远去的高大身影。他的清梦,他的人格,将和他所管领的荷花一样永远流芳后世。

五月十一日夜且半①

天宝胡兵陷两京②,北庭安西无汉营③。

五百年间置不问④,圣主下诏初亲征。

熊罴百万从銮驾⑤,故地不劳传檄下⑥。

筑城绝塞进新图,排仗行宫宣大赦。

冈峦极目汉山川,文书初用淳熙年。

驾前六军错锦绣⑦,秋风鼓角声满天。

苜蓿峰前尽亭障⑧,平安火在交河上⑨。

凉州女儿满高楼,梳头已学京都样。

[注释]

①本诗原题为:《五月十一日夜且半,梦从大驾亲征,尽复汉唐故地,见城邑人物繁丽,云:西凉府也。喜甚,马上作长句,未终篇而觉,乃足成之》。西凉府:在今甘肃武威县,汉唐时称凉州,宋初为西凉府,后沦落于西夏。

②天宝句:指天宝十四载(755)安禄山起兵反唐,先后攻陷东京洛阳和西京长安事。天宝:唐玄宗年号。

③北庭安西:唐时设置的两个都护府名,治所分别在今新疆的吉木萨尔县和吐鲁番市西。唐贞元六年(790),都陷于吐

蕃。

④五百年：自唐天宝十四载（755）下距作诗时淳熙七年（1180）有四百多年，诗中举其成数。

⑤熊罴（pí 皮）：熊类猛兽，借喻猛士。

⑥下：收复。

⑦六军：古制，天子有六军。

⑧首蓿峰：山峰名，在今甘肃、新疆交界处。亭障：古代边塞的军事堡垒。

⑨交河：在今新疆吐鲁番市西，是安西都护府的治所。

[点评]

　　陆游的梦诗大致有两类。一类是梦中成像，梦醒之后，把梦所经历的一些片断通过艺术构思连接起来，用诗追述梦象，抒发感慨。比如像前面"初秋梦故山"就是"觉而有作"。另一类则是在梦境之中就诗兴大发，即兴赋就诗篇，醒来后，把梦中所写完整地记录下来，稍加补缀，赋就一首精彩的诗歌。这类诗完全得益于梦中灵感刺激。这首"梦从大驾亲征"的记梦诗，典型地代表了后一类记梦诗的题材类型和创作特点。

　　据陆游诗题暗示，这首诗当为梦中马背上作，未终篇而觉，醒后足成。诗人在诗中向我们描述了一场极其壮观的王师凯旋美梦：有大驾亲征的声势，行宫排仗宣敕的场景，驾前六军欢呼胜利的场面等。当然，最引人注目的是尾联表现的细节："凉州女儿满高楼，梳头已学京都样。"梦赋予他大胆设想的灵感和传神写照的画面，画面形态逼真，使这首浪漫神奇的梦中佳作始终洋溢着真切感人的生活气息。

　　陆游做了一生的恢复梦,他的内心常被一种梦中的生活和生活的梦想相互渗透的感觉占据着。梦产生的心理上的快感,补偿了他生活中的缺憾。毋庸讳言,陆游诗中描写的一切,如王师所向披靡,我方大获全胜,收复失土抚边安夷等种种,都严重偏离了现实生活的轨迹。因为陆游一生从未见到过胜利,他所见到的不外乎失败、投降、屈辱、求和。陆游至死都还在呼唤"王师北定中原日",呼唤胜利的到来,这不能不说是陆游精神的感人之处。

　　陆游一生主战,梦想着随大驾亲征,跃马疆场,克复山河。每每提到北伐,他都意气倍增、精神振奋。陆游之所以主战,是因为他从小饱尝金人侵略的丧乱之苦。如果不把侵略者赶出中原,在金人的铁蹄之下是不可能安生的。他的主战,是想用正义的战争结束侵略战争,使广大人民过上和平安宁的日子。正如诗中描述的凉州姑娘们能自由自在地生活,用京都最时髦流行的发式尽情地打扮自己。

　　因此,诗人一些描述战争胜利的记梦诗,都不作兵戎相接厮杀场面的正面描写。即使是气势恢宏的战斗场面,陆游笔下从来没有唐代边塞诗"千刀万剑一夜杀,平明流血浸空城"式的惨不忍睹的血腥画面,代之以"故地不劳传檄下""夜脱貂裘抚降将""排仗行宫宣大赦"等博大仁爱的胸怀。可见,诗人所注重的并不是战争本身,而是它所缔造的和平与安定。

　　这首七言古诗写于淳熙七年(1180),距上次嘉州任上驻军河外的梦中凯歌恰好相隔七年。

梦范参政^①

梦中不知何岁月，长亭惨淡天飞雪。

酒肉如山鼓吹喧，车马结束有行色。

我起持公不得语，但道不料今遽别^②。

平生故人端有几？长号顿足泪迸血。

生存相别尚如此，何况一旦泉壤隔。

欲怀鸡黍病为重^③，千里关河阻临穴。

速死从公尚何憾，眼中宁复见此杰？

青灯耿耿山雨寒，援笔诗成心欲裂^④。

[注释]

①范参政：范成大官参政，绍熙四年（1193）九月五日卒，距作诗时，已逝一年多。

②遽（jù 具）：突然，匆忙。

③"欲怀鸡黍"句：即欲去吊丧。古人吊丧有先在家杀一鸡，并用酒浸晒干的棉絮裹包后，径直拿到丧者的坟茔吊祭的习俗。

④援（yuán 圆）笔：持笔，握笔。

[点评]

　　这首夜梦亡友范成大的诗,写得声情并茂,催人泪下。

　　在陆游一生并不得意的仕宦生涯中,范成大可算是一位声气相近、肝胆相见的宦友。淳熙二年(1175),范成大权四川制置使,陆游在范幕下任职。《剑南诗稿》中有不少表现两人友谊交情的唱和诗,可见陆游与范成大之间不仅是下属与上司的关系,更属文字之交、诗坛挚友。陆游在范成大幕中,一直很受礼遇,范成大游宴时,陆游总是被屡屡招邀,宾主席间唱酬一时传为美谈。范陆之间少了一份长官与僚属的礼数,多了一层朋友之间平等无拘的情谊。然而,由于陆游在成都期间与范成大交往不拘礼法,被人嫉恨弹劾,并因此而落职。这件事非但没有影响他与范成大之间的友谊,反给两人留下了深刻难忘的印象。

　　淳熙四年(1177)夏,范成大奉召入京,陆游一直送范成大到眉州,临别还写《送范舍人还朝》一诗殷殷寄语:“公归上前勉画策,先取关中次河北。”“因公并寄千万意,早为神州清虏尘。”希望通过范成大向朝廷倡议北伐,并寄意在朝旧友共同清除胡尘,完成统一中国的大业。

　　这首梦诗前八句幻化的梦境,极似当年与范成大握别时的情形。只是眉州之别是盛夏六月,而梦中长亭遽别是漫天飞雪的隆冬。梦中景象比现实平添出许多惨淡凄恻的气氛,可看作景为情设。长亭路上,天地无光,日色惨淡,飞雪蒙蒙。诗头二句,就为整首诗的感情奠定基调:凄凉而惨淡。所以尽管别筵上有丰盛的筵席和喧闹热烈的伴宴音乐,但“酒肉如山鼓吹喧”却无法冲淡笼罩在离人心头的愁云。筵席未散,车马将行,人要分离,诗人起身握住朋友的手,久久说不出一句安慰壮行的话来,只是反复地说:怎么离别得这样突然!这样匆忙!眼看生平知交的朋友一个个将离他而去,不禁悲从中来,难以自抑。于是长歌顿足,眼中流泪,心里滴血!就在诗人肝肠俱裂时,猛然醒来,眼前依然是一灯如豆,耿耿不灭,三更风雨,淅淅沥沥,点点滴滴都敲打在诗人善感的心头。

  诗的后八句写梦醒后的伤痛。陆游写这首诗时,范成大已去世一年多。泉壤之隔,使诗人无处诉说。陆游也曾想亲自去坟茔吊祭,无奈老病缠身,更兼万里关河之隔,一时无法了却心愿。"速死"句情绪激动,表达了他对范成大倾盖相交、生死相随的情谊。不然,怎会有"眼中宁复见此杰"?后八句当中,"青灯耿耿山雨寒"一句应引起读者特别注意。虽只七个字,但十分紧要,与上八句中"长亭惨淡天飞雪"遥相呼应,一梦一醒。两幅画面,两种场景,布局得当,各显其情。作者诗思严密,惜墨如金,但又滴水不漏,致密无隙。纵情处,不忘补苴罅漏。这种写法,才是大家手笔。

沈园鸿影

灯暗无人说断肠

余年二十时（二首）

采得黄花作枕囊,曲屏深幌闷幽香②。

唤回四十三年梦,灯暗无人说断肠。

少日曾题菊枕诗,蠹编残稿锁蛛丝③。

人间万事消磨尽,只有清香似旧时。

[注释]

①本诗原题为:《余年二十时,尝作〈菊枕诗〉,颇传于人。今秋偶复采菊缝枕囊,凄然有感》。
②幌:指帷幔床帐。闷(bì 闭):闭门,隐藏。
③蠹(dù 度)编:指被虫蛀的书籍。

[点评]

这两首绝句与《重阳》诗同一归旨,也是睹物思人的佳作。《重阳》诗指事隐约,这两首悼亡之作意味较浓。诗题详备地叙说了兴感之由,直可为《重阳》诗作解。

诗是陆游六十三岁在严州任上写的,回忆的是四十三年前刻骨铭心的一段往事。陆游在二十岁左右时初娶唐氏夫人,婚后生活十分甜蜜温馨。唐氏不但面容姣好,而且颇有藻思,是一个风雅多才的女子。他们仿效诗人陶潜采菊东篱的雅事,在秋天遍求菊花,采集清香,缝制枕囊,沉浸在充满诗意的闺房吟唱中。陆游还为此题写了《菊枕诗》。唐氏无疑是诗中引人注目的生活原型和第一位忠实的欣赏者、唱和者。陆游可能在受到妻子的夸奖后颇为自得,才以诗示人。然而,这首给他带来风雅诗名的《菊枕诗》,并没有成为美满生活的开始,而仅是陆游爱情生活最甜蜜时期的记忆和标志。由于婚后夫妻琴瑟甚和,相爱逾常,一度沉浸在充满诗意的闺房生活之中,这使督教甚严的父母大为不满。出于对儿子的期待,他们不允许他在功名未就之际便沉湎于儿女情长之中。于是,方严古板的翁姑便迁怒于新媳。这一对倾心相爱的有情人就这样被活活拆散。陆不久继娶王氏夫人,唐也改嫁同郡士人,终因不能忘怀,不久便郁郁而逝。

诗人立足今天,神驰往昔,通过今昔时空意象交错的手法,来倾吐"灯暗无人说断肠"的伤痛。四十三年前采菊缝枕、曲屏深幄之间弥漫的幽香给人温馨甜蜜的回忆,但在今天看来已恍若隔世,如梦如幻。清香依然,而人事全非。在昏然的灯下,还有谁来欣赏今日的题寄? 凭谁诉说断肠? 这份伤悼与苏轼"千里孤坟,无处话凄凉"(《江城子·悼亡妻》)的哀感如出一辙,都表达了满腔凄苦无由诉说的哀感隐痛。

四十三年过去了,人间万事经岁月消磨已面目全非,但诗人对往事的记忆并没有消淡。菊花清香依然,此情长留心间。那首洋溢着诗人少年情怀的《菊枕诗》,在严州再编时虽然最终没有被收入到《剑南诗稿》中去,但我们相信诗人已把它作为最美好、最个人的创作而珍藏于心间了。

沈园（二首）

城上斜阳画角哀，沈园非复旧池台。

伤心桥下春波绿，曾是惊鸿照影来②。

梦断香消四十年③，沈园柳老不吹绵。

此身行作稽山土④，犹吊遗踪一泫然⑤。

[注释]

①沈园：宋时沈姓私家花园，故址在绍兴城南，与禹迹寺仅一桥之隔。

②惊鸿：语出曹植《洛神赋》："其形也，翩若惊鸿。"这里以惊鸿喻指唐氏体态轻盈的绰约之美。

③梦断香消：借指女子亡逝。

④稽山：会稽山，在今浙江绍兴南部山区。

⑤泫(xuàn 眩)然：泪水下滴的样子。

[点评]

　　宋诗素以言事说理见长，往往喜欢用词来言情而不愿将一段柔肠诉诸于诗。所以综观宋代的五七言诗，"讲性理或道学的多得惹厌，而写爱情的少得可怜"（钱锺书《宋诗选注》)。在这样的背景下,陆游的沈园诗就显得弥足珍贵了。

陆游二十岁左右时,娶了表妹唐氏。婚后琴瑟和鸣,夫妻相得,十分恩爱。然而,由于唐氏不容于陆母,终于酿成封建社会"劳燕分飞"的爱情悲剧,陆游被迫休掉了他挚爱的妻子。数年后,由于沈园的再次相逢,陆游不能忘情,题词于沈园之壁。不久唐氏即悒郁而逝,陆游为此终生抱恨。晚年时,每每伤情于沈园,不能自已。这两首绝句,是所有沈园诗中写得最为出色的,流传也特别广。因为陆游把这一份终生难忘的悱恻之情,频频写入以沈园为背景的诗中,所以沈园诗简直就是陆游爱情诗的代名词。

诗写于庆元五年(1199)春,陆游七十五岁时。

第一首侧重绘景,以景寄情。陆游是黄昏时分到沈氏园林的。历尽几十年风风雨雨的沈园,在落日的斜晖中显得特别凄清,再也不见当年全盛时的风采。唯有桥下一汪春波依然翠绿可爱,因为这水中曾留下唐氏临流盼照时的俊美情影。诗人临水凭吊如见伊人,看了使人哀伤。在此,诗人以"惊鸿"来喻指如洛神一般美丽的前妻,让世人明白:如此美丽活泼的生命,却被无情的社会所吞噬毁灭,这才是人类的巨大悲剧。

第二首以抒情为主。唐氏已去世多年,沈园之景也黯然无光。诗人年事已高,行将就木,本该"当于万事轻""妄念消除尽"。但只要一踏上城南之路,一见到沈园熟悉的景色,便禁不住老泪纵横。一个将要化为一抔稽山之土的老人,追怀年轻时的往事,尚不能遏制泫然而下的泪水,可见这一爱情悲剧对诗人一生的伤害有多深!诗前三句蓄势之后,到"泫然"处,便像开闸之水一样,表现得更汹涌激荡了。这一首中的"沈园柳老不吹绵",看似写景,实是衬情:沈园之柳衰败到春风之中也无绵可吹了,树犹如此,人何以堪!这是一层意思。沈园三易其主,固已成为历史遗迹。沈园的柳树也衰到极点,可诗人却无法忘情于沈园、忘情于前妻。天若有情天亦老,而诗人乃是六根俱全的血肉之躯,在将要走尽坎坷失意的人生之路时,将是何等的感受?这又是一层意思。难怪面对心爱人的"遗踪",千种失意、万般委屈一齐涌上心头,只能"唯有泪千行"了。

《沈园》二绝不愧是成功的言情之作。诗中,黄昏凄厉之景、苍颜白发之人与感时伤逝之意三位一体,情景交融,惨目惊世,遂成为我国诗歌史上最优秀的悼亡诗之一。诗歌史上,善言悼亡的诗人都或多或少有过一段不堪回首的伤痛,正如陈衍所言:"无此绝等伤心之事,亦无此绝等伤心之诗。就百年论,谁愿有此事;就千秋论,不可无此诗。"(《宋诗精华录》)然而,每当读这些诗的时候,感叹之余心里总会产生一个强烈的意愿:但愿沈园诗是爱情悲歌中的最后一曲《广陵散》!

十二月二日夜,梦游沈氏园亭(二首)

路近城南已怕行,沈家园里更伤情。
香穿客袖梅花在,绿蘸寺桥春水生①。

城南小陌又逢春，只见梅花不见人。

玉骨久成泉下土，墨痕犹锁壁间尘。

[注释]

①蘸(zhàn 占)：淹没，水涨的样子。

[点评]

这两首记梦绝句，与其说是记梦，毋宁说是借梦抒情。作者写诗之时尚是寒冬腊月，而梦中的景象，已是春暖花开一派明丽。诗人在梦中踽踽先行，率先步入了一个让人眷恋让人销魂的春天。

诗中游春的指向十分明确，梦中以情识路，方位感很强。前后二首绝句都不约而同地提到"城南"一词，这是一条不知走了多少遍的伤情之路。诗人刻骨铭心，所以连梦中也不恍惚。只是离沈园愈近，思念愈深，路愈近而情愈怯。《长恨歌》中白居易为表达李隆基对杨玉环的思念，用"太液芙蓉未央柳"来形容女主人公的雍容姣美。在陆游心目中，唐氏虽则姣美，却是另一种品格。梦中最醒目的意象是梅花，两首绝句都以梅花渲染梦的背景。"香穿客袖梅花在"，"只见梅花不见人"——诗人把唐氏与幽独芬芳、冰清玉洁的梅花联系在一起，以花衬人，可见诗人对唐氏的珍视和赏爱。梅是花中君子，诗人一生爱梅，正如他钟情前妻一样。"自古情钟在吾辈，尊前莫怪泪沾衣"（《别梅》），对梅对人都万分投入。记梦诗中，唐氏形象与梅是浑然一体的。他用形容梅的语言"冰肌玉骨"来喻代所爱之人，以梅指人，以花定品。

在沈园诗中,诗人几乎集中了最美好的语言,对唐氏进行最诚挚的礼赞。有翩若惊鸿、轻盈绰约的沈园诗,芬芳似菊清香宜人的菊枕诗,以及这首清艳如梅、玉骨冰肌的梦游诗等等。诗人用清词丽句摹写唐氏姣美的林下风范,其中虽也不乏华美夸饰之辞,却没有丝毫轻薄之意。所谓情之所钟,熠熠生辉,无怪乎梦中之人会成为美的所在、梅的化身。

夜闻姑恶

学道当于万事轻,可怜力薄未忘情。

孤愁忽起不可耐,风雨溪头姑恶声。

[点评]

这首诗写于开禧二年(1206)春,陆游八十二岁高龄时,可看作是诗人对个人感情世界的再一次剖露。

陆游在以前的诗中经常提到"姑恶"。《诗稿》中以"姑恶"为题的诗就有六首,语及"姑恶"这一物象的诗更多不胜数。诗人何以对"姑恶"之声特别关心?从题为《夏夜舟中闻水鸟声甚哀,若曰姑恶,感而作诗》可知:"姑恶"本是一种水鸟的叫声,声音拟近"姑恶"。诗人有感于它的哀鸣,想象是一位不堪婆母虐待的少妇,因无子被遣的阴魂所化。这种声音一定十分哀伤,容易触动诗人善感之心。

陆游受家门和师门的影响,一生与道亲近,相信老庄、神仙和养生术。特别是政治上受挫、个人不幸时，就把学道当作栖泊身心、安顿性命的所在。陆游晚号"龟堂老人"并以"还婴"名室，都有很浓的道学气息。诗人学道虽勤，但最终未能成"正果"，这正是他性情的可贵之处。他毕竟是一个心怀天下、深挚热烈的性情中人。"学道当于万事轻"，说的是道家超世拔尘的观念，"万事轻"即不能过于执着认真。而陆游偏偏又是个执着认真的人，所以自感"力浅"没有通泰之定心，特别是容易激动，不能忘情，一个"情"字确实是陆游最具特色的个性。然而，令后人肃然起敬的也就是这个"情"字。三、四两句则照应题意，再次申足"情"字。诗人本拟修道养性、摒弃尘俗，然而听到溪头一声声的"姑恶"哀鸣，于是再也无法定下神来，孤独哀愁使他难以平复心中的感慨，不得不面对令人揪心的现实。

诗以"姑恶"之声起兴，首句蓄势逆接，兴感之由却放在最末。文顺诗倒，这样写很有韵味。诗中的"姑恶"之声，有人以为是对陆母乖戾的控诉。这样理解，似乎过于坐实。凄然之声所引起的凄然之情，本身是很复杂的。陆游是一个谨守封建伦常的孝子，即便他对母亲有怨恨，也不见得母亲死后多年记恨如此！从众多"姑恶"诗的用意看，伤感的意味是很浓的，其中当然包含着他对前妻唐氏凄然离世的哀痛，所以一闻姑恶，情不可耐。

春　游

沈家园里花如锦,半是当年识放翁。

也信美人终作土,不堪幽梦太匆匆。

[点评]

　　春游题下原有四首绝句,此是第四首。记录的是诗人嘉定元年(1208)寒食前后的一次比较尽兴的出游。他是乘小舟从城西镜湖三山出发的,遍游城东南二十五里处会稽山麓的禹祠、龙瑞宫,城西南三十里的兰亭,城西北的梅市桥等处,足迹几历故乡稽山镜水的胜景。这次带有回眸告别性质的旅游,本来是挺愉快自得的,前几绝中有"轻舟如叶桨如飞""放翁依旧醉春风"之句。但一到沈园就不同了:尽管沈家园里梅花繁丽如锦,诗人一踏进这洒下多少爱和怨的门墙,面对"半是当年识放翁"的梅花,游春之兴顿时都化为伤悼之感。诗人对花,又想起如花一样美丽的唐氏夫人:明知美人已作土,但音容笑貌宛在目前。往事如梦如电,诗人对景不觉感慨人生的短暂匆促。几十年的生死恋情如白驹过隙,一晃而已。这是陆游有生之年为唐氏夫人咏唱的最后一支情歌。第二年冬天,诗人带着未了的情缘溘然谢世了。正如他直到临死还不忘收复中原一样,对前妻的思恋和伤悼都是至死不渝的,已成为他生命中的"情意结"。

诸多的沈园诗，使我们看到了封建制度下诗人的悲剧婚姻所造成的终身郁悒和不幸。然而，在这个婚姻悲剧中，受煎熬的远不止陆、唐二人，还有一位方正贤良、与放翁过了半个多世纪贫贱生活、为放翁含辛茹苦养育了六个儿子的王氏夫人。由于没有爱情的婚姻，她生前固然没有得到陆游的爱情，死后陆游也只写过一首《自伤》的诗。除了"白头老鳏哭空堂，不独悼死亦自伤"两句是哭丧外，以后就再也没有半句悼亡的诗了。与沈园诗的缠绵哀绝相比，王氏无言的不幸，难道不是封建制度造成的又一出无辜牺牲者的婚姻悲剧吗？这同样令人同情和深思。

禹迹寺南①

枫叶初丹槲叶黄，河阳愁鬓怯新霜②。

林亭感旧空回首，泉路凭谁说断肠！

坏壁醉题尘漠漠，断云幽梦事茫茫。

年来妄念消除尽，回向禅龛一炷香③。

[注释]

①本诗原题为:《禹迹寺南有沈氏小园，四十年前尝题小阁壁间。偶复一到，而园已易主，刻小阁于石，读之怅然》。禹迹寺:故址在绍兴市沈园之北。陆游年轻时曾从江西诗人曾

幾在此读书，今废。

②河阳愁鬓：潘岳曾出为河阳令，伤悼妻室之亡，写过著名的《悼亡诗》三首。

③回向：佛家语，表示皈依佛道的意思。禅龛(kān 刊)：佛龛。

[点评]

　　《剑南诗稿》中涉及陆游沈园题壁的诗共有三首，这是最早的一首。据"四十年前尝题小阁壁间"云云，可知沈园题壁的时间是绍熙三年（1192）。上推四十年，即绍兴二十二年（1152）。诗还暗示题壁时前妻唐氏夫人已趋"泉路"，沈园也已易主。壁上之词苔尘漠漠，早被好事者刻在石上。这以后，《诗稿》中尚有诗人八十一岁夜梦游沈氏园亭，八十二岁的城南诗两处提到沈园题壁的往事。从这些诗内证的材料看，陆游确实在沈园题壁，怀念的是当年曾游历于沈园水边梅下的一位心爱之人。这首诗写旧地重游的怅然之情，并用"河阳愁鬓"的典故，说明彼时是悼亡曾在沈园留下遗踪而已去世的前妻唐氏夫人（此时继娶的王氏夫人尚健在）。诗有明确的伤悼对象和感伤见证——壁上遗墨，但诗人没有明言题于壁间的"小阁"是哪一首。后人一般以南宋陈鹄《耆旧续闻》和周密《齐东野说》两家笔记的《钗头凤》说为凭。清代学者及近当代的一些词学专家则怀疑陈、周二家笔记的信实程度，认为《钗头凤》词意与唐氏身份不合，未必为沈园题壁词（详见《钗头凤》词点评），这就有了一段公案。

　　不论壁间所题的"小阁"是哪一首，这一首七言律诗的伤悼意味是极其显明的。诗人在首联描绘秋景的同时，即以丧妻而多情的潘岳自比点明悼亡的题旨。颔、颈两联则详言"河阳愁鬓""林亭感旧"和"泉路无凭"的痛苦行状。题壁的墙垣因年代久远而颓坏,壁间的墨痕也苔痕斑斑,然而诗人却情怀依旧,不胜感慨。最后以佛龛前的一炷清香,表达未亡人对逝者的虔诚之感和一往情深。

诗以怅然起兴,以敦厚收尾。此情历久愈深,不用刻意思量,但自然难以忘怀。

钗头凤

红酥手,黄縢酒①。满城春色宫墙柳。东风恶②,欢情薄,一怀愁绪,几年离索③。错、错、错。

春如旧,人空瘦,泪痕红浥鲛绡透④。桃花落,闲池阁,山盟虽在,锦书难托⑤。莫、莫、莫⑥。

[注释]

①黄縢(téng 腾)酒:即黄封酒,宋时官酿名酒。

②恶:甚,程度副词。

③离索:离散。

④红浥(yì 义):红指红泪,浥指湿润。鲛绡:借指揩眼泪的丝绢。

⑤锦书:指书信。

⑥"莫、莫、莫"句：与上片煞尾处的"错、错、错"是"错莫"一词的分用，意思是落寞，没精打采的样子。

[点评]

　　文学史上一些有浓郁感伤色彩的诗词作品，总特别令人关注。尤其是语涉悲剧爱情、有情人难成眷属的题材，往往更能牵动读者的心。像无名氏的《孔雀东南飞》、白居易的《长恨歌》、陆游的《钗头凤》等，皆属此类题材之中的佼佼者。《孔雀东南飞》是无名氏为焦仲卿妻代言，《长恨歌》是白居易有感于李杨帝妃的爱情遇合写下的一首抒情长诗，唯独这首《钗头凤》，是陆游个人感情伤痛的直接抒发。词用如怨如慕、如泣如诉的倾吐，嘘唏感叹，无疑更能激起读者强烈的感情共鸣。

　　词采用第一人称抒情的口吻，向读者倾诉了一段不堪回首的感情伤痛。笔调哀怨凄怆，悱恻动人。这首自创格式的新曲，在声情的把握上确实达到了"并茂"的效果。特别是"错、错、错"和"莫、莫、莫"两处三个仄声叠字的运用，更增添了抒情的力度和韵味，的确不失为一首感情投入的言情佳作。然而，历来的读者并不满足于对文本的解读和艺术品赏，除了体会文本所渲染的情调外，最感兴趣的还要算对本事的关注。这种兴趣有时甚至超出了对词内在意象之关注，以至于凡是选引这首词的选家笺注者，都无一例外地必须征引许多相关的背景材料。

　　最早对《钗头凤》进行背景介绍的是南宋陈鹄、周密二家笔记。他们提供了《钗头凤》词是陆游沈园题壁词的说法，并描述了陆游和前妻唐氏沈园相会的情形：陆妻"遣黄封酒果馔通殷勤"。陆游受之怅然,不胜感慨,遂题《钗头凤》词于沈园之壁。虽然二家笔记所记沈园题壁的时间上大有出入,但两家笔记都一致认定《钗头凤》是沈园相会时陆游为前妻唐氏而作。读者因为同情陆游年轻时的婚姻悲剧,而对《钗头凤》词寄予了更多的理解和赏爱。

自清代乾隆以后,开始有学者对《钗头凤》为沈园题壁词的说法表示怀疑。因为清人只表示直觉质疑,没有加以细考,所以并没有引起更多的重视。新中国成立后,词学大师夏承焘先生笺注陆游词时,曾怀疑《钗头凤》为沈园题壁词的可靠性。至 20 世纪 80 年代,吴熊和先生才从文本研究的高度,对词提出质疑的理由(《陆游〈钗头凤〉词本事质疑》,见浙江人民出版社 1982 年版《文学欣赏与评论》),系统阐述了《钗头凤》非沈园题壁词的见解。嗣后,又有周本淳先生《陆游〈钗头凤〉主题辨析》(1985 年第 6 期《江海学刊》)相呼应,提出《钗头凤》非沈园题壁词,该是蜀中偶兴的冶游之作。词开头三句的"红酥手,黄滕酒,满城春色宫墙柳",暗合"凤州三出",意指妓女之手纤白,公库多酿美酒,柳树青翠可爱,以"手、酒、柳"所构成的氛围与唐氏身份气质殊难调和为立论之本,再证以宋陈鹄、周密二家笔记多抵牾不足信处,使《钗头凤》为沈园题壁词沿袭几百年的见解受到了冲击。

词本以柔婉深幽见长,是很适合于抒写男女之情的。然而,从陆游平生的议论看来,他好像不太瞧得起这种倚声的文体,在自题《长短句序》中明显地表达出他菲薄这种文体的意思。为长短句作序时还称:"今绝笔已数年,念旧作终不可掩,因书其首,以识吾过。"(《渭南文集》卷十四)与致力于诗的编纂不同,陆游对词是很不经意也不重视的。他的词作不编年,这样就给后人研究平添了许多悬案。这首《钗头凤》词即是争论的焦点之一。由于年代久远,缺少第一手资料的实证,关于本事争论可能还将继续下去。

对历史人物陆游诗中就有"死后是非谁管得"之慨叹,没想到八百多年后的今天,陆游也面临着这样的关怀。陆游故里绍兴市洋河弄口的沈氏园内依然梅柳扶疏,孤鹤轩前的一堵粉墙上,也赫然镌刻着陆游的《钗头凤》词和唐氏的和词,供南来北往的游人欣赏,感叹!

诗魂恰在醉魄中

酒醉无言

三月十七日夜醉中作

前年脍鲸东海上^①，白浪如山寄豪壮。

去年射虎南山秋，夜归急雪满貂裘。

今年摧颓最堪笑^②，华发苍颜羞自照^③。

谁知得酒尚能狂，脱帽向人时大叫。

逆胡未灭心未平，孤剑床头铿有声。

破驿梦回灯欲死^④，打窗风雨正三更。

[注释]

①脍(kuài 快)鲸：细切鲸鱼的肉。

②摧颓：老迈颓唐的样子。

③华发苍颜：形容年老憔悴。

④灯欲死：灯将要熄灭。

[点评]

　　文学史上不乏以善饮著称的诗人：曹植斗酒七步成诗；阮籍酣饮为常，愤世嫉俗；陶渊明归隐东篱，最多酒诗；贺知章金龟换酒，醉后属词，文不加点，挥洒自如。李白更是饮中之杰，是"斗酒诗百篇"的酒仙。这些诗人都才华横溢嗜酒如命，留下了无数令人激赏的诗篇。

在宋代诗人中,陆游也算是一个与酒很有缘的人。他生长在黄酒之乡绍兴,青少年时就以豪饮出名,自称"少年欺酒气吐虹,一笑未了千觞空"(《同何元立赏荷花追怀镜湖旧游》),当时因豪情过人、诗酒齐名而被誉为"小李白"。《剑南诗稿》中以酒命名、以醉为题的诗比比皆是,就数量而言绝不少于他的记梦诗作。在陆游笔下,"诗囊"与"酒壶"常常是形影不离、相从相随的,因为"耳熟酒酣诗兴生","遗醉纵横驰笔阵"。酒能助兴,在醉意酣兴中,最能发挥他天才的想象力和过人的才情。

这首在成都时写下的醉歌,借酒抒怀无所拘束,淋漓酣畅的笔墨洋溢着壮浪奔腾的激愤,有着平时难以到达的境界——诗显然得力于酒的兴奋。诗人在醉后落笔的刹那间,一生曾经令人兴奋的场景像电光般地一一闪现在他略呈醉态的眼前:前年在东海脍鲸,白浪如山,气势豪壮;去年在南山射虎,深夜归营,雪满戎装;今年摧颓可笑,白发苍颜,自己连镜都懒得照。这一连串的排比句式,在简单平实的陈述中却包含着似真似幻、非真非幻的感觉,这就是醉歌特有的魅力。在这里,醉态可掬的诗人之所以这般如数家珍似的陈言,只是想让时人明白和了解他曾经拥有的"豪壮"之情和"惊世"之举。他即兴的夸喻和虚拟,无非是想形象地证明他的胆气和魄力,让辉煌的过去和落魄的现实处境构成更大的心理落差和形象对比。在感今怀昔的对比之中发泄心中的不平和愤懑。这三组时空意象所构建的自我形象很有点戏剧意味,读者在此既可艺术地观照陆游走过的历史足迹和眼前实际面临的境遇,又可包涵他胸中理想和现实的种种冲突摩擦。在"前年""去年""今年"的时间和空间流程中,读者览阅不同面目、情态各异的画面,从而感受体会诗人运笔抒怀时的郁勃之气、跌宕之情。这类笔法看似简拙,实则单纯中隐含机巧。三个排比句式一气奔腾,跳荡相承,势如滚雷。诗人无一字及醉,但醉后气势还是扑面而来。

"谁知得酒"句异军突起,第一次点题就使诗豪兴陡增,狂态毕露。"脱帽向人时大叫"写醉后豪放狂癫之态,只七个字就写活了放翁精神。这是诗人醉中信手泼墨写就的自画像,一个狂放不羁、桀骜不驯的诗人形象在酒后神采毕现。这种狂逸之气、神来之笔得力于酒的催化,确实是可遇而不可求的。诗的最后四句写酒醒梦回后的感慨:醉中虽痛快,梦里虽逍遥,但毕竟是一时的刺激,最终都不得不返回现实,面对清醒。诗人满怀着扫平逆胡收复失地的志向,但最终无以伸展,一如被锁在床头剑匣中的孤剑一样徒然殷殷作声。刚伴随着酒力燃烧起来的希望与豪情,在破驿昏暗欲灭的残灯和三更打窗的风雨声中,显得格外的孤寂无援、悲凉难堪。整首诗运笔至此,狂逸豪放之气已转化为一种不平。最后对破驿孤灯风雨的场景描写穷形极思,极具顿挫之妙。寓狂态于哀戚凄清之景,摹画有力,一抒到底,有撼动人心的力量。赵翼说:"放翁古今体诗,每结处必有兴会,有意味,绝无鼓衰力竭之态。"(《瓯北诗话》)确实是中的之评。

这首诗感情充沛,笔势纵横。诗人感今抚昔,不胜感慨,借酒抒情,笔势痛快淋漓,气概冲天凌霄。虽是醉中走笔,但章法井然,句式参差可观。开首两联二句一转韵,平仄互转,中间最后都是四句一转韵,也是平仄相间,声情激越,铿锵顿挫,感情大起大落,形象对比强烈,时空跨度大。此种抒情方式真可谓惊天地泣鬼神,堪称放翁七言古诗中的杰构。

对酒叹

镜虽明,不能使丑者妍①;

酒虽美,不能使悲者乐。

男子之生桑弧蓬矢射四方②,古人所怀何磊

落!

我欲北临黄河观禹功③,犬羊腥膻尘漠漠;

又欲南适苍梧吊虞舜④,九疑难寻眇联络。

惟有一片心,可受生死托。

千金轻掷重意气,百舍孤征赴然诺⑤。

或携短剑隐红尘,亦入名山烧大药⑥。

儿女何足顾,岁月不贷人⑦。

黑貂十年弊⑧,白发一朝新。

半酣耿耿不自得⑨,清啸长歌裂金石。

曲终四座惨悲风,人人掩泪无人色。

[注释]

①妍(yán 言):美。

②桑弧蓬矢:桑木为弓,蓬梗为箭,射向天地四方。这是古人

生子后举行的一种仪式,表示男儿志在四方。

③禹功:指龙门,在山西、陕西交界处,分跨黄河两岸,相传为夏禹治水时所凿。

④苍梧:一名九疑山,在湖南境内,虞舜死后葬于此。

⑤百舍:三十里为一舍,百舍指道路遥远。然诺:承诺。

⑥烧大药:指炼丹药。我国古代道士以炼丹服药求长生不老。

⑦贷:等待。

⑧"黑貂"句:战国时苏秦游说秦王,十年上书不被采用,所带钱资用尽,黑貂袍子穿破。此以苏秦境遇自比,说明入蜀后的不得志。

⑨耿耿:忧愁烦闷的样子。

[点评]

陆游在晚年的《疾衰》诗中曾这样诉说他与酒的交情:"百岁光阴半归酒,一生事业略存诗。"酒是他生命中一个举足轻重的要素,诗是他生命的见证,那么酒诗更是他情感生活的一面镜子。在陆游笔下,酒曾是旗鼓,可以鼓励士气激发他爱国杀敌的斗志,又是他表达喜怒哀乐的媒体:梦中获胜时,欢饮一斗高歌一曲,遣天山健儿纵情歌唱;志向落空时,又借酒强抑愤怒,弹压胸中十万甲兵。诗人面对美酒,直如面对一位知交,总是敞开心扉尽情倾诉。《对酒叹》就是诗人失意时对这位"百年知己"的又一次真情诉说。

诗写于入蜀的第五个年头。这年,主战的王炎遭诬被罢,宰相虞文允也死了。朝中权贵只知扩植私党,根本不顾国计民生。主持北伐的人越来越少,诗人满怀的愿望眼看就要在蜀中落空。时不我待,壮志难酬,诗人满怀愤慨只能对酒浩叹。

诗以极清醒的两个对句开笔,联类而叹,道出借酒浇愁而无法摆脱的内心痛苦。前一句起兴,自然引出后一句的愁绪,并照应题旨,从而体现歌行体诗比兴开篇的写作特色,给人以强烈的情绪感染。

作者先诉说自己伟大抱负、远大志向无法实现的苦闷,然后再表明自己坚定的意志以及在现实生活中的尴尬遭遇。中间主体部分诗情激荡,异常亢奋。古人有男儿志在四方的远大抱负,可诗人面临的是一种怎样的现实?"我欲北临黄河观禹功""又欲南适苍梧吊虞舜"两句,形象而生动地刻画了他有志不得伸展的内心苦闷,字里行间都蕴含着诗人生不逢时的感慨和对于现实的否定与批判。"惟有"句以下,则表达了诗人不屈的个性和在逆境中生存奋斗的勇气,与前面"男子之生桑弧蓬矢射四方"相呼应,显示了作者坚定的意志和任何外界因素都无法改变磨灭的男儿本色。

当然,从"千金轻掷重意气,百舍孤征赴然诺"和"或携短剑隐红尘,亦入名山烧大药"等句子中,我们也可以看到酒后的意气与冲动,潜意识中对访道任侠的印象和兴趣,流露出他对侠士复国平天下的殷殷希望。然而,希望毕竟是希望。不管醉中是多么豪壮,陆游一回首现实就不胜感慨。诗的最后几句,极力表现了耿耿不得的苦闷情绪。于是饮至半酣,勃然长啸,高歌一曲,声如金石分裂,震惊四座。诗以长啸收尾,犹觉悲音荡漾不绝于耳。

这首醉歌开篇深沉,中间慷慨激越,收尾悲壮有力,一唱三叹,感情起伏很大。诗人为了有力地表达这种感慨,间用参差不齐的句式,在错落中表现不平之气。在叶韵上,基本以入声为主,间以二句平声韵,使之抑扬起伏,声情并茂更富于变化,深得李白七言歌行体诗自由奔放的精髓。

长歌行①

人生不作安期生②,醉入东海骑长鲸。

犹当出作李西平③,手枭逆贼清旧京④。

金印煌煌未入手⑤,白发种种来无情⑥。

成都古寺卧秋晚,落日偏傍僧窗明⑦。

岂其马上破敌手⑧,哦诗长作寒螀鸣⑨?

兴来买尽市桥酒,大车磊落堆长瓶⑩。

哀丝豪竹助剧饮⑪,如巨野受黄河倾⑫。

平时一滴不入口,意气顿使千人惊。

国仇未报壮士老,匣中宝剑夜有声。

何当凯还宴将士,三更雪压飞狐城⑬。

[注释]

①长歌行:乐府古题,相和歌平调七曲之一。

②安期生:古代传说中的仙人,曾卖药东海边,自号抱朴子。

③李西平:唐代李晟(shèng 剩)因平定朱泚(cǐ 此)有功,封西平郡王。

④枭(xiāo 消):斩首。

⑤金印未入手:借指功业未成。煌煌:发光的样子。

⑥种种:头发短的样子。

⑦偏傍:正傍。

⑧岂其:反诘语,难道。其,是语助词,无义。

⑨寒螀(jiāng 将):寒蝉。

⑩磊落:众多而错杂的样子。

⑪哀丝豪竹:指悲凉激越的乐曲。剧饮:痛饮。

⑫巨野:古代大泽,在今山东巨野县东北,汉黄河决口,河水东南冲入巨野泽。

⑬飞狐城:古代关隘名,亦称飞狐关,在今河北涞源县。

[点评]

　　这是一曲借酒发泄人生苦闷的悲歌。有痛苦牢骚,但不消沉,有愤怒狂放而不失豪壮,是陆游歌行体诗中写得最有气势的作品之一。

　　淳熙元年(1174),陆游再次来到成都,闲居在多福院的僧舍里,过着"归来炷香卧,窗底看微云"(《雨中出谒归昼卧》)的闲淡生活。僧院环境清幽,借住僧舍读书养性,对一般人来说,也未尝不是一件雅事。陆游年轻时就常在禹迹寺、云门寺等处借读,问题是此时却属另一番心境。诗人在亲历了南郑军幕跨鞍刺虎的壮快生活后,又不得不从前线调回成都,有奔波之苦,无尺寸之功。旋又辗转于蜀州、嘉州、荣州之间,兜了一个大圈子。两年后,又回到成都,借住于多福院。这时,多福院僧舍的晨钟暮鼓再也无法平静陆游焦躁不安的心。他壮快过,所以不想在默默无闻中度过一生,更不甘平庸无为,在无所事事中打发光阴,因此感到失意、郁闷、不堪忍受。他一直在平淡的生活中寻找宣泄的机会,于是饮酒便成了唯一的突破口,借狂饮痛醉,一伸心中郁塞不平之气和怀抱的人生理想。

诗分前后两部分。

前十句非常坦率地宣称他的人生理想和自我期望,其中交织着不遂后的失意与落魄。他认为人生不能像安期生那样飘然出世,就得像李西平那样有所建树。这两种人生价值的生活目标虽相去甚远、截然不同,但都称得上轰轰烈烈、名扬天下。从诗提供的感情倾向看,诗人的选择无疑是后者,是以入世者的积极姿态出现的,但他并无意否定安期生式的人生境界。两者是共存的,是可供选择的两种生存方式,只不过前者于己不合,所以仅作为一种陪衬提出:要么像安期生那样入海骑鲸,隐遁游仙;要么像李西平那样手枭逆贼,青史留名。但现实中的陆游既不能得道成仙,也不见用于世,什么都不是,什么也没有。年过半百,白发丛生,徒然猬居在锦官城的一个古寺僧窗下,面对人生之秋,只能像寒蝉一样作痛苦的悲鸣。一个曾经气吞长虹,又在南郑前线跃马搏虎有过一番壮举的志士,竟落到这种地步,无怪乎异常憋气难堪!

诗以抒怀起兴,又以对胜利的期待收笔。中间虽有牢骚块垒,但终究不掩整首诗积极向上奋发自强的豪气——悲中见豪是这首醉歌的难能之处。

这首七言歌行充分发挥了歌行体诗的特点,大开大合,取象豪迈,气势纵横。后人推为陆游集中的压卷之作,当不为过言。可能梁启超"辜负胸中十万兵,百无聊赖以诗鸣"(《读陆放翁集》)两句诗,更切合陆游此诗的写作心态。在落日虚静的僧窗前,写出这么一篇慷慨激昂的醉歌,本身是一个让人拍案惊奇的奇迹。

草书歌

倾家酿酒三千石^①,闲愁万斛酒不敌。

今朝醉眼烂岩电^②,提笔四顾天地窄。

忽然挥扫不自知,风云入怀天借力。

神龙战野昏雾腥,奇鬼摧山太阴黑^③。

此时驱尽胸中愁,捶床大叫狂堕帻^④。

吴笺蜀素不快人^⑤,付与高堂三丈壁。

[注释]

①倾家酿酒:用家里所有的资财来酿酒。用《晋书·何充传》事,何充善饮,人说见到何充饮"令人欲倾家酿"。

②烂岩电:形容眼光炯炯有神如岩石下的闪电。

③太阴:月亮。

④捶床:手击坐具。床:交椅之类的坐具。帻:头巾。

⑤吴笺蜀素:写字用的吴地产的纸,蜀地产的绢素。

[点评]

　　陆游个性狂放,嗜酒如命,也是一位斗酒诗百篇的人物,他平素最喜欢草书,草书驰骤挥洒,如狂澜奔涌龙蛟飞舞,不受束缚。他作草时,也和张旭一样必须有酒壮色,方酣畅淋漓下笔有神。这首草书歌刻画的就是诗人大醉后挥毫狂书的情态。

　　五十八岁的诗人落职闲居在山阴农村,一腔郁愤"闲愁万斛"无以名状,只有举杯酣饮。"倾家酿酒三千石,闲愁万斛酒不敌。"先言酒量之大、酒缘之深,后言闲愁之多,极尽夸张之能事。在此,我们除了应体会诗人纵横排宕的气势外,还应特别注意"闲愁"两字的内涵。古代诗人笔下的闲愁是一个很笼统的意象,既有"刻意伤春复伤别"的离愁,又有"一川烟草,满城风絮,梅子黄时雨"式的文人感伤,也有"一江春水向东流"无穷无尽滚滚不息的亡国之恨。陆游下笔向来大气,在写这首诗时,前后有不少诗表露心曲,如"交旧凋零身老病,轮囷肝胆与谁论?"(《灌园》)"莫倚壮图思富贵,英豪何限死山林。"(《夜闻秋风感怀》)"一身报国有万死,双鬓向人无再青。"(《夜泊水村》)从这些表白中,我们不难理解陆游此时的闲愁,是指对北伐无成的忧虑和壮士虚老的悲哀。这种强烈的感伤,使倾家而酿的三千石酒也无法浇灭,所以大醉后即形于草书。诗人提笔四顾,目光如电,风云入怀,但觉天地狭窄。醉后作书,胆粗气豪,目空一切。"神龙战野","奇鬼攉山",想象独特离奇,很有李贺酒诗奇诡的风格。在此用以形容龙蛇夭矫、狂放奇崛的笔势,突出泼墨挥毫时遮天蔽日、昏天黑地的主观印象,极生动有神。笔墨酣畅处诗人索性脱帽露顶,捶床大叫,一如草圣张癫创作兴奋达到高潮时的模样,这淋漓醉墨岂是这小小吴笺蜀素所能容得下的?此时只有将这气吞云梦之势挥扫在高堂三丈壁上,才足以表达他过人的才情和豪兴。诗人醉后泼墨狂书的形象神态,真可写性,更宜入画!

诗以气取胜。全诗七言十二句,四句一转韵,如风云入怀一气呵成,很有李白七言歌行的神韵,精神气质也酷似太白《江夏赠韦南凌冰》诗。诗人在用韵上急促逼仄,奇崛危耸,如万丈壁立;苍莽雄健,如黑风挟浪。诗还很见描摹的功夫,"醉眼烂电""捶床大叫"等语,醉态可掬,豪气逼人。豪情与狂草相得益彰,快读一遍满纸都是风云。最后诗人泼墨于三丈壁上,如蛟龙出水,更能显示诗内在的热度与力度。

关于陆游的草书,诗稿中形象性的自评很多,如"老蔓缠松""瘦蛟出海"(《学古》),"昏鸦着壁""瘦蛟蟠屈"(《草书歌》)。陆游自称"草书学张癫,行书学杨风"(《暇日弄笔戏书》)。后来也有人评他"笔札精妙,意致高远"(朱熹),"草书横绝一时"(赵翼)。但陆游毕竟不是一个以书法著称的人,从传世的墨迹看,虽有《怀成都十韵》等行草的飘逸遒劲,但大多数作品都是信笔写来,比较随意。特别是陆游诗中最自负的狂草,至今不传,所以也很难评论。钱锺书先生在《谈艺录》中有一段较客观的评价,认为后人对放翁草书的印象,"徒据诗中自夸之语,遂有声闻过情之慕。"从书法评论的角度看,陆游书法可能自具特色,未必至工。但从《草书歌》形象传神超拔欲飞的笔势看,陆游的确不愧是一位笔力扛鼎的书坛大家。

醉倒歌

曩时对酒不敢饮[1]，侧睨旁观皆贝锦[2]。

狂言欲发畏客传，一笑未成忧祸稔[3]。

如今醉倒官道边，插花不怕癫狂甚。

行人唤起更嵬昂[4]，牧竖扶归犹踔踸[5]。

始知人生元自乐，误计作官常懔懔[6]。

秋毫得丧何足论，万古兴亡一醉枕。

[注释]

①曩：往昔，从前。

②贝锦：比喻诬陷人的谗言。

③稔(rěn 忍)：本指庄稼成熟，此指事情酿成。

④嵬昂：犹嵬峨，醉后摇晃倾斜的样子。

⑤牧竖：牧童。踔踸(chuō chěn 戳趻)：一作趻踔，跳着走路。

⑥懔懔：同凛凛，畏惧，害怕。

[点评]

这首醉歌作于绍熙三年(1192)冬陆游闲居山阴农村期间。

　　诗人醉后直以质言抒愤。"曩时"在朝中拘若楚囚,动
辄得咎;"如今"野处自由放达,疏狂不羁。对比中突出诗人
对尔虞我诈官场的不满和对自由天性的追求,疏狂中表现出
诗人奇崛横放的个性,也是对所谓"不自检饬,所为多越于
规矩""嘲咏风月"罪名的一种抗议。

　　诗的篇章结构很单纯,一昔一今一感叹,别无回旋,近乎
朴拙。但其中的情态描写可称一绝:"侧睨旁观""狂言欲
发""一笑未成"均形神俱备,音容宛现。至于醉倒后插花狂
癫、"嵬昂"欲倾、"踸踔"趋步的样子,更使一个醉翁的形象
跃然纸上。在神情描写中亦让人领悟到归去来兮的快乐,羁
鸟返林、池鱼归渊的愉悦。醉后虽狂,其言也实,其情亦真,
一个愤世者的心声亦全在万古兴亡的酣枕之中。

梅香如故

为爱名花抵死狂

花时遍游诸家园①（选二）

为爱名花抵死狂②，只愁风日损红芳。

绿章夜奏通明殿③，乞借春阴护海棠。

花阴扫地置清樽，烂醉归时夜已分。

欲睡未成欹倦枕，轮囷帐底见红云④。

[注释]

①诸家园：此指成都城中燕王宫、碧鸡坊、张园、赵园等以海棠负名的各家花园。

②抵死：格外，分外。宋时口语。

③绿章：上奏神灵书写在绿纸上的表章，又称青词。通明殿：玉皇大帝所在的宫殿。

④轮囷：高大貌。红云：与前面的"红芳"均指海棠。

[点评]

　　陆游一生最钟情两种花，一为梅花，一为海棠。梅花是他故乡绍兴所盛产，海棠则是他生命中的第二故乡四川的名花。因成都诸家名园的海棠曾令诗人如痴如醉，为之倾情，竟乐陶陶地接受了"海棠癫"的雅号。

《花时遍游诸家园》十首游春绝句,就是陆游在成都时为海棠而写的组诗。今选取其中两首,诗人爱花欲癫的入迷情态便可见一斑。

"为爱名花抵死狂"是其中的第二首,写诗人对海棠痴爱入迷的情状。成都的海棠富艳繁丽,是诗人入蜀前无法想象的。他在南充樊亭初见海棠时,就惊奇于平生未睹的她的绝代芳姿。后到成都看到"成都海棠十万株,繁华盛丽天下无"(《成都行》),更是欣喜欲狂,自称也像恋花的蜂蝶一样"我亦狂走迷西东"(《张园海棠》)。陆游之爱花确实既狂又痴,"抵死狂"即格外的狂,首先表现为他对海棠的格外垂青。陆游诗中有很多吟海棠的篇章,均记录着诗人多情的行踪。凡花开时节,无须细想,只要于繁花丛中必能觅得放翁多情的身影。不仅如此,他的狂态还表现在对美的事物的怜惜与呵护上,因爱花而生愁。海棠喜阴好湿,开时既忌烈日也忌寒风。诗人深谙花性,特别担心海棠的娇美不堪风日的侵损,便连夜以绿章上奏玉皇大帝的通明殿,请求多借些阴天,好让海棠得其所宜,长开不衰。这种由狂爱而转发的怜惜促成的痴情祈祷,不也是"狂"的一种表现?

"花阴扫地置清樽"一绝,写诗人醉眼看花的印象。诗人在花下醑饮,半夜时分归来,醉眼蒙眬,兴奋异常,久久不能入眠,眼前浮动跳荡的依然是"枝枝似染腥腥血"的海棠倩影,岂非心念所致?

这两首绝句从不同的侧面,刻画了诗人"为爱名花抵死狂"的自我形象。正是在这一双纯净如水、痴情如斯的眼神中,我们才得以一睹"花中神仙"海棠旷世独具、娇艳绝伦的芳姿。

梅花绝句

幽谷那堪更北枝,年年自分著花迟^①。

高标逸韵君知否,正在层冰积雪时。

[注释]

①自分:自己料定的意思。

[点评]

　　与悦目醉心于海棠娇美的天然风韵不同,陆游对梅花的歌咏,并没有停留在对它花姿风韵的吟咏上,而是更注意挖掘花的内在精神气质和品格。这首梅花绝句,就是梅花精神的写照。

　　诗中所写的梅花正处于十分艰苦特殊的环境之中:它生长在幽深的山谷之中,又是最北面背阳的地方,阳和不浴,春风迟到,简直是一方被人冷落的天地。"那堪"意思说,这是一般花不堪忍受、不能接受的现实。这株寒梅总是年年落后于春天的步伐,枝头开花比一般的花都要晚。这两句客观陈述梅花承受的不同寻常的险恶环境,接着两句则极力歌咏在这恶劣条件下,梅花显示的高尚气节和俊逸的风度。梅花与冰雪自有不解之缘,正是在层冰积雪、历尽劫难的环境中方显示出梅花坚忍耐寒、傲霜斗雪的坚贞品质和不屈不挠、孤

梅香如故·为爱名花抵死狂

⊙

85

标独树的个性风采。梅花的高标逸韵以冰雪写就,这就是诗人独特的审美目光。

　　梅花香自苦寒来。经历了艰苦环境的磨砺,才有了梅花超尘拔俗的精神,雪魄冰魂方可陶砺情志。诗中赞扬在层冰深谷中的梅花,其实是对所有身处逆境但始终坚持崇高气节志士的礼赞,当然也包括诗人对自身精神的积极砥砺。这首咏梅诗含义隽永,具有明显的象征意义。

泛舟观桃花(二首)

　　花泾二月桃花发①,霞照波心锦裹山。

　　说与东风直须惜,莫吹一片落人间。

　　桃源只在镜湖中,影落清波十里红②。

　　自别西川海棠后,初将烂醉答春风。

[注释]

①花泾:花泾山,在山阴镜湖边,桃花最盛。

②十里红:作者自注云,自梅仙坞至花泾恰十里。

[点评]

　　德国诗人歌德曾风趣地说,艺术家对于自然,既是奴隶,又是主宰。所谓奴隶,是说艺术作品必须忠实于自然,必然真实;所谓主宰,就是指艺术家在描写景物时,可以服从他较高的意旨,表现出自己的见解。歌德的这一番话,风趣之余不乏艺术辩证法的启迪。

陆游在一些咏梅咏菊之作中,为了向读者传达某种思想和感情的倾向,总是把桃花作为所咏之物的陪衬或者反衬加以贬损的。桃花开于阳和之春,与梅菊斗雪傲霜相比,她的处境显得过于平顺;在百花盛开的时节吐艳,似乎又缺乏点个性,过于随和遂有逐波之嫌。因此,陆游一些有寄意的咏梅咏菊诗中,对此常有微词。或指斥其轻薄,或讥讽其趋势,不一而足,寄寓了诗人生不逢时的愤世之情。这种描写,可以看出是为了服从诗人"较高的意旨",是出于艺术创作需要"主宰"自然的行为,也别具一格之新。然而,一切美的自然物,其魅力毕竟是客观存在的,她不以诗人的意志为转移。当陆游暂时忘却人生烦恼仕途险恶以天然之心面对桃花时,他实在不得不为桃花的"夭夭"之色和"灼灼"之华所动心,陶醉在"影落清波十里红"的世界里。从这个角度看,诗人在泛舟观桃花时,完全沉醉在春风十里的桃源之中,显然又成了自然至真至美的"奴隶"。

诗人晚年结庐在山阴镜湖边,出行常常以舟楫代步,对桃花的赞赏,自然离不开水乡船的特殊视角。早春二月正是江南桃花吐艳的时候,诗人故居不远处的花泾山和梅仙坞,是盛产桃花的好地方。每年春发,远远望去一片霞光"如锦绣包络山谷"(《嘉泰会稽志》)。陆游这二首桃花绝句,咏吟的就是这一派醉人的景象。

诗有两点特别值得注意。其一,诗人是泛舟观赏桃花,诗中水光与桃红是相映相生、辉映成趣的。前一绝中的"霞照波心锦裹山"和后一绝中"影落清波十里红"都紧扣"泛舟"的特点,写所见的特殊视角印象。人在舟中远看花泾山桃花影落镜湖之中,花光水色上下交辉,真有一种透明、荡漾的美感令人神迷心醉。其二,诗人咏桃花是从大处落笔,花泾等处的桃花之盛,只能用宏观的笔触进行动感的散点扫视,不可能像崔护那样对"人面桃花"作微格特写。诗人写十里桃花,十里水色,非常大气。在诗人笔下,镜湖简直就是桃花的天地,人间的桃源。

诗人晚年在镜湖居住,对周围的景色很有感情,诗中"自别西川海棠后,初将烂醉答春风",是说自从东归后,已将怜爱海棠的一番心情转移到关注故乡的花事来。"桃源只在镜湖中",是此时作者心境的一种反映。山阴道上,山川自然映发,本来就美不胜收。而陆游的桃花诗,则使镜湖的春天平添许多绚丽的色彩和迷人的风姿。人在镜中荡舟漫游,水色花光上下交映,这一份悠闲与自得,将更令人目醉神迷流连忘返了。

梅花绝句

闻道梅花坼晓风①,雪堆遍满四山中。

何方可化身千亿②? 一树梅花一放翁。

[注释]

①坼:开放。
②何方:什么办法。

[点评]

　　江南多梅,陆游的故乡山阴也盛产梅花。每至早春,道旁路边、林间溪畔、山麓闲庭,树树飘香,处处斗奇。陆游耳濡目染于此,爱梅成癖,与梅花神交数十年,一生留下了数百首的咏梅诗篇。几乎每到春天,诗人都会去拜访他的花间密友并写诗赞美。或视梅花如隐士高人:"神全形枯近有道,意庄色正知无邪。"(《梅花》)或视梅花如志士:"雪虐风饕愈凛然,花中气节最高坚。"(《落梅》)或自诉:"自古情钟在吾辈,尊前莫怪泪沾衣。"(《别梅》)面对梅花如对人生知音,诗人总是一洒感时之泪。纵观陆游的咏梅诗,绝大多数都以寄意取胜。诗人从梅花身上看到了美的人格和崇高的精神,所以每每咏及,总有感而发寄托遥深。唯有这首诗人七十八岁开春作的《梅花绝句》写得天真烂漫,诗意盎然。虽无寄托,却写得别出心裁,不失诗人风趣。

　　开头两句写得很平实朴素:听说梅花冲破早春的严寒在清晨寒风中开放,诗人闻讯后自然欣喜万分,于是马上出游寻访。结果,他看到的景象远远超过了他的预想:晓风中开放的梅花,不是唐代诗人齐己笔下的"一枝",也非宋代诗人林逋所吟的"疏影",而是树树枝头如瑞雪普降,漫山遍野竞相开放。诗人面对四围花海,竟一下子不知欣赏哪一处为好。

紧接的两句,突发奇思:"何方可化身千亿? 一树梅花一放翁。"意思是说,用什么办法能变出千万个放翁,使每一株梅花下面都有自己在那里分身欣赏。身化千亿,设想可谓奇妙之至。梅花与诗人面面对应,是梅耶? 是人耶? 一时实难分清,这又是诗人命笔奇特之处。这两句虽是点化柳宗元"若为化得身千亿,散上峰头尽望乡"的诗意而来,但用在"雪堆遍满四山"的梅花世界中,既妥帖自然,又情景相生极富有意趣。陆游年事虽高但童心未泯,平时常有"梅花重压帽檐偏,曳杖行歌意欲仙"的"出格"举动,惹人注目。此时他突发奇思,想学仙人的分身法,亦是童心使然,很合乎心理:如今面对千万树盛开的梅花,诗人自负,当然不甘心以一身仰视,须化身千亿才能与之匹敌相称,方不辜负对梅花的一番感情。

此诗虽小,然意趣甚丰。诗人爱梅入微,曾断言"后五百年君记取,断无人似放翁癫"。读了此诗,可知此言不虚。

卜算子

咏梅

驿外断桥边,寂寞开无主。已是黄昏独自愁,更著风和雨①。　　无意苦争春,一任群芳妒。零落成泥碾作尘②,只有香如故。

[注释]

①著:值,遇。

②碾(niǎn 辇):被轮轧碎。

[点评]

宋代文人的爱梅之心和赏梅之情趣尤胜于前人。他们非常注意把梅的"韵"和"格"融合在一起,使梅花外在的姿质之美与内在品格之高有机地融为一体,从而达到形神俱佳的境界。范成大在《梅谱·后序》中竭力标举梅"以韵胜,以格高",咏梅者亦穷形极思,言前人未言,在众多咏梅之作中卓然独树,创造了梅花史上最负盛名的篇章。前者当以林逋《山园小梅》"疏影横斜水清浅,暗香浮动月黄昏"为标志,极具梅花风韵姿质意象之美;后者当推陆游的这首《卜算子·咏梅》,对梅花的内在品质精神摹写无遗。词人赋予梅以神和意,使这种物类富有了生命的意识和人格的魅力。

写貌重神,是陆游这首词作成功的关键。上片只对梅所处的环境作充分的渲染:这是一株驿站之外、断桥之畔、荒僻无主的野梅,环境的幽僻使她注定无人欣赏、无人理会并将寂寞终身。当词人在薄暮时分与她偶然相遇时,这"无主"的梅花正独自含愁,备受狂风骤雨的侵袭和摧残!梅花的所居非地和所遇非时,引起了作者极大的同情和关注。下片词人以解者自居,用近肖梅花的口吻,对置身逆境后的"心理"和表现,进行了一番鞭辟入里的描述与体察,托物以言志,从而歌咏了梅花崇高的品格与操守。梅花冲寒而放,是春天的使者,却无意争春。"苦争春"的是继来的"群芳",她们以小人之心度梅花坦白之襟怀,而梅花却依然坦荡,"一任"群芳嫉妒,表现出与生俱来的自然秉性和高风亮节。草木花卉本是无情之物,而词人喻以人事,赋梅以孤标独树的人格,斥"群芳"之"妒"和"争"的本性。而且,群芳之妒本身不亦证明梅花姿质修美吗? 词最后两句,承过片处的风雨侵凌,继写梅花在逆境中坚贞不屈的姿态和品格。遭尽蹂躏、零落委地、粉身碎骨,但芳香依然如故,这种品格简直就是《离骚》九死未悔的精神移植,是屈原"余独好修以为常""虽体解吾犹未悔"之人格的再现。至此,梅花的精神境界全出。

词中梅花身上体现的生命意识和人格魅力,是这首咏梅词广为流布、备受赞赏的原因所在。宋人论诗讲究离形得势,写物偏重精神风貌,这首咏梅词深得其中奥妙。词人结合身世感慨托物起兴,重点摹写梅的气质与品格,与词人之心丝丝入扣,正好体现了咏物入神的典型笔法和士大夫文人普遍崇尚的人格境界。

军中足迹

远游无处不销魂

泛瑞安江,风涛贴然^①

俯仰两青空,舟行明镜中。

蓬莱定不远^②,正要一帆风。

[注释]

①瑞安:浙江东南的县名。贴然:平静宁帖。
②蓬莱:古时传说中的海上三座神山之一。

[点评]

　　绍兴二十八年(1158)的秋天,陆游以恩荫出任福建宁德县主簿,获得了他初涉仕途的第一个职位。主簿的职责是辅佐县令管理簿书等事,虽然不太理想,但对于三十四岁的陆游来说,毕竟是第一次步入仕途。以后的路还很长,相信能施展抱负,所以诗人还是把它当作一次露试锋芒的机会。入冬以后,诗人从会稽出发,取道永嘉、瑞安、平阳赴任所。这首小诗即是途经瑞安时写下的。诗极短,而兴致盎然,意趣灵动欲飞。

　　诗境完全从题意中化出。冬天的瑞安江风平浪静,诗人站在船上仰望苍穹,空阔无垠;俯视江面,又见一个碧落明净的宇宙。刹那间,天地空间仿佛扩展了一倍,水天空阔,上下一色,澄明清澈。"俯仰两青空"是实写"舟行明镜中"的具体感受,一连串的景色都是紧扣"风涛贴然"描写。江水如镜,才能看到水中倒影的景色;只有诗人在船头的特定视角,才会有镜中行的感觉。镜能使物体空间拓展整整一倍,所以此时诗人置身于瑞安江上,当有一种无比空阔的视觉和心理感受。这十个字既是写沿江泛舟之景,亦是心境的一种昭示。"出门即有碍,谁谓天地宽?"(孟郊)同样道理,"每愁悔吝生,如觉天地窄。"(杜甫)诗人此时此景恰好与古人形成强烈的对比,这一切当都缘于特定的心境。

瑞安江上风平浪静使诗人心旷神怡,浮想联翩。"蓬莱定不远"一句语意双关,对题旨进行进一步的延伸发挥。"蓬莱"既可喻指此行的目的地福建任所,意思是说想来也不太远了,恨不得驾一帆东风瞬息就到,表现了他跃跃欲试的心情。"蓬莱"同时也喻代人们心目中美好的理想所在,诗人此番出仕,对前途充满信心。言景的同时巧妙地寄寓了自己的抱负,希望能借"一帆风"顺利地到达理想的彼岸。

诗不惟写景熨帖形象,而且诗意新颖,神思飞动。读者在赏景的同时也可分享诗人的愉悦之情,并得到丰富的启示。

剑门道中遇微雨①

衣上征尘杂酒痕②,远游无处不销魂③。

此身合是诗人未④? 细雨骑驴入剑门。

[注释]

①剑门:剑门关,在今四川剑阁县东北的大小剑门山之间。

②征尘:旅途的尘土。

③销魂:令人心神陶醉。

④合:应该。未:同"否"。

[点评]

　　"渭水岐山不出兵,却携琴剑锦官城。"(《即事》)陆游是带着深深的遗憾与失望离开南郑前线的。乾道八年(1172)十一月,诗人赴成都途经剑门关,留下了这首著名的小诗。

　　深秋时分的剑门关,下着阴冷的细雨。在崎岖的小道上,一个风尘仆仆的行旅之人,正骑着毛驴翩然入关。衣上的征尘和酒痕,写出了远游之人神情放达、不拘形迹的随意和潇洒。驴背上行吟的感觉,细雨朦胧的意境,还有蜀道两旁绝壁危峰、峥嵘崔嵬的自然风光,都使人浮想联翩、诗情激荡、为之销魂。而驴背上神情萧散、落拓不羁的诗人,恰恰成为整首诗优美意境的一个亮点而引人瞩目。

　　古人有不少骑驴与吟诗的佳话,而春风得意的跨马观花与落拓不遇的驴背行吟当然不可同日而语。但在封建社会中"糟糠养贤才"的事实,反倒使布衣骞驴成为诗人身份的一种标志。李白骑驴过华阴,杜甫骑驴十三载,李贺驴背上觅句呕心沥血,孟郊、贾岛驴背上"两句三年得,一吟双泪流",诗人郑綮(qǐ企)灞桥风雪驴子背上的诗思……所有这一些都使驴与诗人结下了不解之缘。陆游此行细雨骑驴入关,俨然是诗人风度。至于"此身合是诗人未"一句设问,很逗人意兴,使小诗机趣横生饶有诗味。

　　剑门关是蜀中著名的胜景,其地势有"一夫当关,万夫莫开"之险,杜甫曾有"剑门天下壮"的赞叹。蜀地山川险阻奇秀,有助于激发才思。唐宋以来,诗人竟以入蜀为诗艺大进的一种契机。南郑前线的军旅生活,曾使他诗风渐趋宏肆。然而陆游并不是一个以诗人自限的人,他志在恢复中原,效力军前,做一名冲锋在前的战士。这种理想眼看就要成为现实,又顷刻化为乌有。驰骋沙场的英雄突然间变成了"细雨骑驴入剑门"的风雅诗人。梦想破灭了,一种壮士角色的错位使诗人心情从高亢激越骤然跌落为低迷寂寞。驴背上诗酒行吟,表面上看起来自得其乐,豁达洒脱,其实隐含着一份惆怅与遗憾。"此身合是诗人未?"诗人在自矜自负的同时,也不无"后世但作诗人看"的忧虑与怨愤。

楚　城①

江上荒城猿鸟悲,隔江便是屈原祠。

一千五百年间事②,只有滩声似旧时。

[注释]

①楚城:在归州(湖北秭归县)东,古代楚国的都城。

②一千五百年:从屈原死时,到陆游写诗时约一千四百七十多年,此举其成数。

这是陆游东归路过归州时写下的一首咏史小诗。诗淡淡叙来，却蕴藏着深沉的感慨。

楚王城在归州境长江南岸。陆游《入蜀记》载："（归州）城中无尺寸平土，滩声常如暴风雨至。隔江有楚王城，亦山谷间。"范成大《吴船录》也说："峡路州郡固皆荒凉，未有若之甚者。满目皆茅茨……逼仄无平地。"可见楚王城在宋的确已衰败荒凉不堪。诗人写景先言楚城荒芜凄哀，在凄厉之景中推出屈原祠，进而联想到一千五百年来的风雨沧桑、世事变迁。昔日繁华的都城，已变为满目疮痍的荒野谷地，唯有江上的涛声还是和从前一样，昼夜不息，声声不止。还有这猿鸟的悲鸣，似乎都在诉说着历史的幽愤与不平。

这首诗把荒芜之景、江涛之声、猿鸟悲鸣三者交汇在一起渲染，以衬托屈原祠特殊的地理环境，间接地暗示屈原一生的悲愤与不幸。诗追昔叹世，心潮起伏，无限感慨尽诉诸于这声声不息的滩声之中。

过灵石三峰^①

奇峰迎马骇衰翁，蜀岭吴山一洗空^②。

拔地青苍五千仞，劳渠蟠屈小诗中^③。

[注释]

①灵石三峰:灵石山,又称江郎山,简称江山,在今浙江江山市南。上有三峰,各有巨石,高数十丈。

②蜀岭吴山:泛指蜀、吴两地的山峰。

③渠:指灵石山。蟠屈:委屈。

[点评]

　　这首小诗是淳熙五年(1178)十月陆游自山阴赴福建建安任取道江山时写的。题下原有二绝,此其一。

　　古人写山,总不甘用寻常的笔法,常常把原本静止不动的客体,写成灵气飞动的有生命、能运动的主体,以表现山的精神气势。如果说苏轼"众峰来自天目山,势若骏马奔平川"尚嫌有斧痕之迹的话,那么辛弃疾的"叠嶂西驰,万马回旋,众山欲东",则完全是浑化无痕,山势与奔马融为一体凌厉欲飞了。陆游的这首小诗,也深得灵变之妙。写灵石三峰之"奇"在于"骇衰翁",拔地高耸的迎马之势想把诗人吓倒。这样写倍觉活泼风趣,其奇特的造型极富有动态感,给人以深刻的印象。所谓山不在高,奇险有特色则能负名。难怪诗人高眼相许,亦叹服其奇姿异貌,以至于"蜀岭吴山一洗空"。陆游是个见过世面的人,这样说足见灵石三峰之奇异骇人、非同寻常了。

　　诗的后二句写山又作惊人语。据载:江山之峰高不过数百米,而诗人下笔,便是"拔地青苍五千仞",像当年李白描写天姥山"势拔五岳掩赤城,天台一万八千丈,对此欲倒东南倾"的笔法一样极尽夸张之能事,强化灵石三峰的主体形象,以伸足首句"奇峰迎马骇衰翁"的诗意。如此这般奇特不凡、震慑游人的山势,在片刻之间却被诗人移入小诗,尽供读者尺牍案头随意地欣赏了。

读了这首诗,不得不佩服诗人驾驭语言的能力和诗歌语言固有的巨大魅力。灵石山的雄伟奇特,可能画家用许多笔墨都无法尽其雄伟气象。而诗人只短短二十八个字,便能把万千之势牢笼于小诗之中,既见笔力,更见胸次。

黄　州①

局促常悲类楚囚②,迁流还叹学齐优③。

江声不尽英雄恨,天意无私草木秋。

万里羁愁添白发,一帆寒日过黄州。

君听赤壁终陈迹④,生子何须似仲谋⑤!

[注释]

①黄州:地名,故址在今湖北黄冈。

②楚囚:春秋时楚人钟仪被晋人所俘,称为"楚囚",此指处境局促之人。

③齐优:指齐国以乐舞戏谑为业的艺人,地位很低。孔子在鲁国做官时,齐人送乐女给鲁国。孔子认为优人来,政治清明无望,于是辞官离去。诗人在这里以齐优自比,暗慨处境

尴尬,不受欢迎。

④赤壁:三国时吴蜀联军大破曹操的地方,故址在湖北省赤壁市。苏轼有《赤壁赋》,以黄州赤鼻矶为古战场,陆游从其说。

⑤仲谋:即孙权。

[点评]

　　黄州赤鼻矶原不是三国时赤壁大战的地方,但历代诗人总喜欢把它与赤壁大战的古战场联系在一起。杜牧在黄州做刺史时写过《赤壁》诗,咏史抒怀:"东风不与周郎便,铜雀春深锁二乔。"冷静客观的笔调表现了杜牧的史识。苏轼在贬官黄州时,除了《念奴娇·赤壁怀古》词外,还写过前、后赤壁赋,诗情激荡文采斐然,抒发了对壮丽江山和风流人物的仰慕之情。陆游这次入蜀途经黄州,缅怀历史,放眼现实,心情显得异常激愤。于是借题发挥,通过对赤壁陈迹的议论,坦陈怀才不遇的政治牢骚。

　　与杜牧、苏轼不同,陆游这首诗没有把更多的笔墨放在对三国历史和江山人物的吟咏上。甚至对三国赤壁大战中的风云人物,如曹操、周瑜诸辈都不作任何正面揣写。诗人只是从自己的处境写起,以自身遭遇观照历史。诗人自叹身如"楚囚""齐优",处境局促狼狈,行事拘束动辄得咎。诗人以"楚囚"自比,自有满腔的怨恨,因为自隆兴任上被撤职回乡后,投闲已达五年之久。乾道五年,朝廷再次起用时,他已"贫不自支,食粥已逾数月"(《通判夔州谢政府启》),这种处境与"楚囚"又有何异!至于"齐优",也是地位低微不受欢迎的人。陆游此次为谋生计,携儿带女到夔州去赴一个可有可无的闲职,感觉也好像齐优到鲁国去卖笑献艺一样,根本不可能有所作为! 滔滔长江之水,流不尽的是古今英雄失意的遗恨。天地无私草木又秋,寄托的是岁月蹉跎、人生虚老的感慨。诗人在"万里羁愁"的气氛中迎着秋日的寒风,孤只一帆黯然路过黄州。回看赤壁陈迹,不由兴感万分大声喟叹:"生子何须似仲谋!"赤壁是群英逐鹿、豪杰竞雄的战场,曹操当年在巡视江东的军阵时,见东吴舟船器杖井然,军营整肃威武,不禁叹赏道:"生子当如孙仲谋!"这是对孙权才干由衷的赞服。孙权在曹操眼里不仅是个雄才大略的人,也是他拥兵南下最为顾忌的强劲对手。当曹操号称八十万大军兵临东吴时,在东吴阵营中亦有主和、主战两派。是孙权最后斩几决断,力排众议决定抗曹,才有了周瑜赤壁之战以弱胜强的辉煌战果。如今,南宋朝廷亦面临着同样的挑战。朝廷上下一片主和之声,投降派当道,北伐无望,志士虚老受挫。在这个和戎已成定势的年代里,已不再需要孙权式的英雄豪杰! 陆游典故反用,既有对朝廷投降政策的抨击讽刺,也有爱国志士报国无门的深沉悲慨,诗人愤世嫉俗,牢骚之中却包含着忧世伤时的一片衷情。与前人的赤壁诗相比,更富有浓烈的时代气息。

哀郢①

远接商周祚最长②,北盟齐晋势争强③。

章华歌舞终萧瑟④，云梦风烟旧莽苍⑤。

草合故宫惟雁起，盗穿荒冢有狐藏。

《离骚》未尽灵均恨⑥，志士千秋泪满裳。

[注释]

①哀郢（yǐng 影）：屈原《九章》中的篇名之一，作者袭用其题。郢：楚国的都城，故址在今湖北江陵。

②商周：上古朝代名。传说楚为其后裔。祚（zuò 做）：皇位。

③齐晋：战国时北方的两大强国，与楚相互结盟争霸。

④章华：指章华台，春秋时楚灵王所筑，故址在今湖北监利西北。

⑤云梦：指云楚泽，春秋战国时楚国君王的游猎场所。故址在今湖南、湖北长江南北两岸一带。旧莽苍：依旧苍茫一片。

⑥离骚：屈原的代表作。

[点评]

情动于中而形于言，千秋而下志士的心总是相通的。

在陆游心目之中，道德文章可彪炳千秋的先贤是屈原、诸葛亮和杜甫三人，这三位先哲的思想曾深深地感动过诗人的心。这首《哀郢》诗就是依屈原楚辞《九章》之一的《哀郢》为诗题创作的。题下原有二首，此为第一首，表达了他对屈原忧国伤时思想的深切理解和伟大人格的无限崇敬。

据《入蜀记》记载，诗人于乾道六年（1170）九月八日抵达江陵地界。江陵是战国时楚国的旧都。诗人对楚国旧都的凭吊哀悼，主要分三个层次。第一联为第一层次，先言国势由盛转衰的哀痛。楚国历史悠久,在战国前期就是一个幅员辽阔、国力强大、北盟齐晋、可与强秦争霸的诸侯国,最后却被秦国所灭。其中的教训难道不值得感叹吗?中间两联集中描述今日郢都的荒芜凄凉,是为第二层次。岁月无情,一切的历史遗迹终被雨打风吹去,昔日歌舞宛转的章华台已湮没无闻,只有云梦古泽依旧浩渺苍茫一片。被野草黄茅淹没了的故宫和被盗贼洞穿的荒冢,早已成了大雁栖息、狐兔藏身的地方。面对凄清,有谁能想象这就是当年楚国最繁华的都城!这就是屈原瘵寐不忘的故国!诗人寓情于景,包含了多少不堪回首的兴亡之感。诗人并不仅仅为一个王朝的灭亡而伤感,他是为一代志士遭到无情的毁灭而痛心。这是第三个层次,也是诗人最终表达的主题。

屈原一直主张联齐抗秦,富国强兵,一生赤诚地眷爱着他的楚国。然而,他"信而见疑,忠而被谤",屡遭迫害,最终落得被驱逐流放的下场。他作《离骚》抒愤,自沉汨罗江。陆游认为,即便《离骚》等诗也未必能写尽屈原平生的心事和悲愤。屈原的遭遇是不幸的,令千秋的志士为之潸然涕下。屈原的精神却是伟大的、永存的,他的崇高理想和与恶势力斗争的精神,将激励着千秋万代的志士为之奋斗献身。

南郑马上作

南郑春残信马行①,通都气象尚峥嵘②。

迷空游絮凭陵去③,曳线飞鸢跋扈鸣④。

落日断云唐阙废⑤,淡烟芳草汉坛平⑥。

犹嫌未豁胸中气,目断南山天际横。

[注释]

①信马行:任凭马随意行走。
②通都:四通八达的大都市。峥嵘:不寻常。
③凭陵:气势很盛的样子。
④曳线:牵拉着线。飞鸢:纸鸢,即风筝。跋扈(bá hù 拔户):骄横,这里形容纸鸢的鸣声。
⑤唐阙:此指南郑唐德宗行宫。
⑥汉坛:陆游自注"近郊有韩信拜大将坛"。

[点评]

　　陆游长在以舟楫代步的江南水乡,他却视跨鞍塞上为人生快事。这首律诗即是他抵达南郑后外出巡游时写下的。
　　诗以"信马行"为线索,描绘了南郑一带开阔壮观的山川风貌、通都气象,字里行间都洋溢着诗人对军幕生活的忘情和挚爱。颔颈两联写景很有特色,"迷空"一联紧扣"春残"时令,写汉中暮春时节柳絮满空飞舞,蒙蒙扑人;风筝借势放飞,在空中呼呼作响。笔触不离暮春光景,却没有丝毫伤感情绪。万物于斯自由自在,各得其所,正如诗人信马而行野兴悠悠一样,充满着融时乐道的天然情趣。"落日"一联则写景怀古双管齐下,具有丰厚的历史内涵。汉中历来就是兵家必争之地,汉代在此留有韩信拜将时的封将坛,唐时也是行宫所在。而今,汉唐的历史遗迹早已湮没在落日淡烟、断云芳草之中,但这种氛围仍激发着诗人北望中原的一腔豪情。诗最后一联,纵目展望横在天边的终南山,仿佛看到中原河山就在眼前。诗以景写怀,尽豁胸中之气。

诗重点摹写的是信马出行时的沿途景色。因是马背上即兴吟就的七言律诗,走马赏景的特殊视角,使景物之空间转换的手法灵活多变,意象组合形式活泼而有动感。另外,马背上的诗人,也将是这首诗中最令人瞩目的形象之一。

兰 亭①

兰亭绝境擅吾州,病起身闲得纵游。

曲水流觞千古胜②,小山丛桂一年秋。

酒酣起舞风前袖,兴尽回桡月下舟③。

江左诸贤嗟未远④,感今怀昔使人愁。

[注释]

①兰亭:为古代驿亭,在绍兴市西南二十五里处。东晋永和九年,王羲之等四十一人在此修禊,王羲之曾书《兰亭集序》记之。

②曲水流觞:在婉曲的水流上漂浮酒杯,是永和诗人修禊的

一种仪式。觞：酒杯。

③桡（ráo 饶）：船桨。

④江左诸贤：指东晋永和年间的诗人。

[点评]

　　兰亭因东晋永和年间王羲之、谢安等人在此曲水流觞、赋诗雅集而名闻天下。一篇《兰亭集序》情景宛现，文采斐然，诗情荡漾。兰亭由此名声遐迩，成为士大夫文人的晋圣之地。

　　陆游对兰亭，怀抱着比一般人更亲切的感情，并曾于中年结庐镜湖之滨的三山。三山处山阴的西面，兰亭处山阴的西南，同处山阴道上，一水相连。诗人平素闲居在家，夜深人静之际即可听到从兰亭天章寺方向传来的悠扬钟声。对于这么一处"近水楼台"，诗人怎能不流连光顾？

　　诗写的是病后的一次纵游。颔联写兰亭之景："曲觞流水千古盛。"使人联想起王羲之等永和诗人的风流雅事。三月阳春惠风和畅，诗人们列坐在曲水之畔，流觞赋诗，俯仰天地之间畅叙幽情。这千古盛会，流风永泽，使兰亭在后世文人心中具有永久的魅力。"小山丛桂"句，在点明出游季节是丹桂飘香的秋天的同时，暗用淮南小山《招隐士》"桂树丛生兮山之幽"的辞意，表现一种隐逸情趣。颈联两句状写游兴之浓：风前舞袖醉态可掬，月下归舟雅兴非浅。这联对句形象鲜明，颇具宛转流动之美。前者与李白、苏轼诗词意境有关，显示了诗人点化前人成句的功夫，后者则使人想起《世说新语》中王子猷雪夜访戴的典故，意味深长。颔颈两联字面上似乎都在写景叙游兴，意象豁朗可感，毫无诘屈难解之处，其实四句都隐含典实，包蕴机趣。只是因为诗人点化融合的本领深厚，所以浑然无迹，使昔人风流闲适的种种情趣尽囊括于笔端，为下文感今怀昔作丰厚的铺垫。尾联回归题旨，说晋宋风流好像并不遥远，但今昔的情形毕竟大不相同。一想起江左诸贤，只能使人惆怅不已。

诗人写此诗时已六十七岁，记的又是病后的一次出游，到兰亭仰圣不免会有"后之视今，亦犹今之视昔"的感慨。另外，感今怀昔的一个重要心理症结，是陆游六十五岁时的罢职，罪名是"嘲咏风月"。试想连"清风明月"也能成为台官弹劾诗人的口实，难怪诗人每每感慨眼前的局促处境而愁怀难遣了。

南乡子

归梦寄吴樯①。水驿江程去路长。想见芳洲初系缆②，斜阳。烟树参差认武昌③。　　愁鬓点新霜。曾是朝衣染御香④。重到故乡交旧少，凄凉。却恐他乡胜故乡。

[注释]

①吴樯：来往江南的船只。
②芳洲：指鹦鹉洲，在湖北武昌东北的长江中。

③武昌:今湖北省鄂城县。

④朝衣:上朝时穿的礼服。御香:皇帝临朝时侍御执香炉所熏的香。

[点评]

割不断的总是乡情,忘不掉的也是乡音。回乡永远是游子枕边的好梦,何况对于陆游这样一个远涉重山、万里入蜀、离乡背井已近十年的游子。

淳熙五年(1187),诗人圆了回乡之梦。放船出峡之初心里十分兴奋,但随着离家日近,却忐忑不安起来。这首写于东归途中的词,很有层次地刻画了词人想归却又怕归的矛盾心情。

词的上片设想到武昌时的情形。"想见"勾勒出意想中武昌城典型的山川风貌:鹦鹉洲上依然芳草萋萋,武昌城内烟树参差、晴川历历。在黄昏落日的斜照中,词人船抵武昌,解缆停靠在鹦鹉洲边,重寻八年前留下的踪迹。此情此景恍若梦中又异常真切。上片写景十分出色,"想见"两字更非闲笔:一则切合船近武昌时心中自然浮现的前游印象,二则为下片设想回乡作铺垫,成为思乡曲的前奏部分,以引出更深沉的感慨。武昌旧地所唤起的心理感觉是美好的,对山川景物的辨认重温,可以带来种种温馨亲切的感受。然而,重到故乡所引起的心理波澜,却夹杂着种种苦涩复杂的人生况味,这已不是设想武昌时那么轻松。

词的下片亦用设想之辞,"却恐"两字分量极重。词人强调的已不再是风景,而是一种心情。词人曾经是都下朝臣,现在去朝既远,岁月又使他愁鬓斑白。再次回到行在,将是怎样的一番滋味？前程如何，亦是一个未知数。另外，久别故乡，心里总不免有类似刘禹锡归京时"烂柯人"的感触，怕旧交零落，朋侪隔世，这一切都将增人凄凉。再者，词人久居蜀地，日长生情，蜀中的一山一水也深深地烙在词人心间——这近十年的生活毕竟是值得留恋的。词人对东归抱着美好的愿望，但愿回乡后能有所作为，不至于有"他乡胜故乡"的遗憾……"近乡情更怯，不敢问来人"（宋之问《渡汉江》）、"怀旧空吟闻笛赋，到乡翻似烂柯人"（刘禹锡《酬乐天扬州初逢席上见赠》）、"乱后谁归得？他乡胜故乡"（杜甫《得舍弟消息》）等，有关回乡心理的许多诗句的意境，把诗人怀乡的热切和心中复杂的思绪交织在一起写，更觉得深挚动人。

饭三折铺[①]，铺在乱山中

平生爱山每自叹，举世但觉山可玩。

皇天怜之足其愿，著在荒山更何怨。

南穷闽粤西蜀汉[②]，马蹄几历天下半。

山横水掩路欲断，崔嵬可陟流可乱[③]。

春风桃李方漫漫，飞栈凌空又奇观。

但令身健能强饭[④]，万里只作游山看。

[注释]

①三折铺:地名,当在夔州至梁山道中。
②闽粤(yuè 月):即闽越,指今福建省一带。
③乱:横渡。
④强饭:努力加餐,强制自己多进食。

[点评]

　　这是陆游奉四川宣抚使王炎之召,离开夔州赶赴南郑军幕的第一首纪行诗,乾道八年(1172)正月作于梁山道中一个叫三折铺的地方。

　　陆游在夔州任上的情绪是十分低落的。他郁郁不得志,自嘲"减尽腰围白尽头"(《九月三十日登城门东望凄然有感》),特多思乡嗟愁的感叹。当他接到王炎军幕之召后,情绪一下子有了很大改变。在未来希望的召唤下,诗人对自己充满了信心。因此奔赴新任,途中所见草木含情、山川有意。即使身处乱山野岭,也不无情调,别具亲和的魅力。

　　川陕一带的道路本来就十分偏僻艰险,杜甫当年流落两川时的一些纪行诗大都写得危苦险恶。陆游的情形恰好相反:他以从军为乐,道途之苦,多为豪情所冲淡,在诗歌中化为审美中的快感,所以他的纪行诗显得潇洒而轻松。诗人自言平生爱山,认为山的个性最值得玩味。是老天有眼,才满足了他看山的心愿,让他奔走在崎岖的川陕之路上,体验与山朝夕相处的感情。在这首诗中,诗人对于旅行的艰难困苦未置一词,对山的感情却溢于言表。这可能与诗人特殊的个性与经历有关——陆游生性好强,从来不向环境低头。从东南的闽越到西陲蜀汉,"马蹄几历天下半",尽管途中"山横水掩路欲断"。但经行之处,从来没有不能逾越的山川险阻。眼前乱山飞栈凌空的景象,又给诗人带来了新的挑战与刺激。这位"生长江湖狎钓船"(《书事》)的江南游子,怀着一腔北望中原、气势如山的豪气,终于走上了他梦寐以求的南郑前线,去实践他跨鞍塞上的伟大理想。从这个意义上讲,这首纪行诗实在是他生命旅程中实现新的转变所跨出的最初一步。

故土小园

柳暗花明又一村

小 园(二首)

小园烟草接邻家,桑柘阴阴一径斜①。

卧读陶诗未终卷②,又乘微雨去锄瓜。

村南村北鹁鸪声③,水刺新秧漫漫平④。

行遍天涯千万里,却从邻父学春耕⑤。

[注释]

①桑柘(zhè 浙):桑树和柘树,均为落叶灌木,叶子可喂蚕。

②陶诗:东晋田园诗人陶渊明的诗。

③鹁鸪:即水鹁鸪,天阴将雨时,鸣声甚急。

④水刺新秧:出水如刺的新秧。

⑤邻父(fǔ 府):邻居父老。

[点评]

淳熙七年(1180),陆游被给事中赵汝愚弹劾后,又一次回到了山阴故庐,开始了他第二次漫长的村居生活。小园组诗写于归田后的第二年春天。题下共有四首,此其一、三。诗描绘了田园景色和劳作其间的情状,写得清新自然而不失诗人风度。

前一首很有陶诗恬淡、自然、浑朴的风味。四月的小园已是烟草浓密,绿树成荫,邻里之间绿径相接,阡陌相连。诗人趁着农闲的空当,歪在藤榻上有滋有味地翻阅陶渊明的田园诗。一会儿下起了滋润的细雨,诗人又放下没有读完的诗卷,趁着微雨到小园去锄瓜去了。这首绝句妙在诗境与田园生活融合无间,悠然兴会。读诗锄瓜的诗人已成为田园自然风光的一部分,闲淡而有情致,令人把玩不已。

后一首诗则更具放翁田园诗的个性。后两句有自嘲之意,不甘和忧愤之情溢于言表。五十七岁的诗人,立功立业已是无望。"行遍天涯千万里",到头来"无才屏朝迹,有罪宜野处"(《中夜起出门月露浩然归坐灯下有赋》),重新向父老乡亲学习灌园、种地、锄瓜,言词之间不得志的情绪清晰可感。看来诗人并非一味地恬淡,他的田园诗中亦有"二分梁父一分骚"。

秋日郊居

儿童冬学闹比邻①,据案愚儒却自珍。

授罢村书闭门睡,终年不著面看人②。

[注释]

①冬学:陆游自注,农家十月乃遣子入学,谓之冬学。所读《杂字》《百家姓》之类,谓之村书。

②著面:露面。

[点评]

　　这首绝句刻画了一个迂腐可笑的村塾教书先生形象,也可看作农村风情中的一景。

　　先生头脑冬烘,除了教几句《杂字》《百家姓》之类的村书外万事不关心。就在他的眼皮底下,孩童们闹得天翻地覆不可开交,他也据案不惊,不闻不问,只管自己好好休息调养身体。平时一上完课,就闭门大睡,一年到头很少露面见人。

　　陆游是一个充满爱心和童趣的诗人。他看到村上冬学中有这么一个缺少爱心又麻木不仁的教书先生,既感到可笑又为孩童们感到惋惜。诗中儿童活泼好动的天性与腐儒冷漠的神情,恰好形成鲜明的对比。这位可笑之至、充满酸气的冬烘先生居然还在村学教书,简直令人不可思议! 在陆游看来,这位先生自己即是朽木一块,不可雕也!

小舟游近村,舍舟步归(四首)

数家茅屋自成村,地碓声中昼掩门①。

寒日欲沉苍雾合,人间随处有桃源②。

借得渔船溯小溪,系船浦口却扶藜③。

莫言村落萧条甚,也胜京尘没马蹄④。

不识如何唤作愁,东阡西陌且闲游。

儿童共道先生醉,折得黄花插满头。

斜阳古柳赵家庄,负鼓盲翁正作场⑤。

死后是非谁管得,满村听说蔡中郎⑥。

[注释]

①地碓(duì 对):地上捣米的石舂。

②桃源:桃花源,陶渊明诗文里的理想世界。

③藜:藜杖。

④京尘:此指临安喧嚣的风尘。

⑤作场:敲起开场鼓。

⑥蔡中郎:东汉蔡邕,字伯喈,做过中郎官。

[点评]

　　这是诗人七十一岁那年秋天写下的一组村行小诗。

　　陆游是个闲不住的人。他晚年僻居山阴的一个小山村,日复一日地过着近乎单调清贫的生活,读书和出游成了他晚年养生的两大乐趣,常常"读书才倦即游山"(《自喜》)。诗人乘着渔舟沿溪赏游,来到近村后,舍舟登岸,扶杖步行回家。一路上,兴致悠悠,游目骋怀,脱口成吟。这四首诗前后连贯,犹如一幅幅富有动态感的农村风情画。

第一、二两绝,写舍舟登岸后游访的第一个村落只是数间茅屋连片而成的一个小村庄。这里自成一统,家家白昼虚掩柴门,茅舍中高高低低的春米声,更衬托出村庄的静寂。寒日欲沉,暮云合碧,诗人步行于此,仿佛走进了陶渊明构筑的世外桃源。这个山村虽小,甚至有些凄清萧条,但与京都的紫陌红尘相比,诗人显然更愿意接受眼前的这份清幽和宁静。

第三首是过渡。诗人出小村后行于田园小路,喜见山野菊花盛开,不禁雅兴大发,折取几枝横七竖八地插在发髻上,引得一群儿童簇拥观看,以为放翁真的醉了。而诗人也似乎浑然不觉,自得其乐,在柳暗花明之间踱进了又一村——赵家庄。

第四首诗"斜阳古柳赵家庄",一开始就点明到赵家庄的时间和周围环境。从刚才无名小村的"寒日欲沉"到"落日斜阳",时间在慢慢推移。斜晖中村前古老的柳树,刻着这个村庄悠久的历史。因为与京城比较近,文化也传播得特别快,这些在陆游的《春社》诗里有反映:"太平处处是优场,社日儿童喜欲狂。且看参军唤苍鹘,京都新禁舞者郎。"说明山阴农村,社日常有参军戏的演出,主角(参军)和配角(苍鹘)滑稽的表演,常引得儿童们开怀大笑。这不,赵家庄村头古柳下负鼓的说书盲艺人又在作场表演,开场的锣鼓和精彩的故事正吸引着全村人围观。盲人说的是蔡中郎的故事:"死后是非谁管得?满村听说蔡中郎。"从诗人的笔调中显然证明:艺人口中的蔡邕,身后已是非惹身,被说成是一个背亲弃妇不仁不义的反面角色。东汉时的名宦、诗人的乡贤,曾为曹娥碑题写"黄绢幼妇"绝妙好辞的大文学家蔡邕,身后居然被编派成这个样子,遭艺人村夫口诛唾弃,当是古人做梦也没有料到的吧?对这一段公案是非,诗人虽有感慨兴寄,却表达得十分含蓄通达,只一言遣之一笑了之。

这四首诗连在一起是一个整体,分而视之也各有各的场景。许多选本往往只选其四,一些赏析文章把前三首所写的不同场景都看成是对赵家庄一村一落的环境描写,显然没有体察到山阴农村村落之间的风貌差别和诗人在动态游程中移步换景的妙处。绍兴镜湖一带水网阡陌纵横,自然村落之间相距都不远,一会儿的工夫就可以饱览"柳暗花明又一村"的景色。诗人由彼及此,徜徉其间,心旷神怡。有凄清有热闹,所到之处风景如画,诗人打心里感受到"人间随处有桃源"的愉悦。特别是最后一绝,简直就是南宋民间文化活动的风俗写生。

阿　姥

城南倒社下湖忙,阿姥龙钟七十强。

犹有尘埃嫁时镜,东涂西抹不成妆。

[点评]

这首诗完全采用白描手法,只寥寥数笔,就勾勒出诗人乡里农村老太太的生动形象。这位龙钟老态、爱赶热闹的阿姥,一到春天就忙着赶场,又是"倒社"又是"下湖"。年纪虽大但兴致很高。

镜湖农村有许多古老的文化习俗。每逢春秋及年关,大都要赛神祭社,往往是倾村而动。这里的"倒社"当指春社,"下湖"也指当地的一种祭祀风俗。农历三月初五是禹的生日,乡民总要乘画舫、具酒食、设歌舞到禹庙拜祭,称之为"下湖(镜湖)"。这两种风俗,对长年面对土地的乡民来说,既是祈神保佑的必要仪式,又是淳朴难得的文化娱乐方式,在当地称得上是隆重的节日。所以,这位年过古稀的乡村老妇,也不想错过这个出门的机会,还特别拿出陪嫁时的镜子,又是涂脂又是抹粉,化好了妆,穿戴整齐颤颤巍巍地赶热闹去了。作者用"不成妆"来形容阿姥的样子,该是出于一种善意的取笑——毕竟这位老太太上了年纪,再涂再抹也无济于事,但老太太这份爱时髦的心情是很可爱的。诗人只用几句话就把这位农村老太太的神态、形象刻画得栩栩如生。

宋诗宋词都擅长写日常生活中的平素题材,许多小人物遂成了文学画廊中生动活泼的形象。陆游笔下的"阿姥"和苏轼笔下"旋抹红妆看使君"(《浣溪沙》)、踏破罗裙看热闹的村妇,以及辛弃疾笔下"醉里吴音相媚好"(《清平乐》)的白头翁婆,写的都是清一色的农村妇女形象。她们情态各异,却让人过目不忘,都能给人留下十分深刻的印象。

山村经行因施药(二首)

耕佣蚕妇共欣然,得见先生定有年。

扫洒门庭拂床几,瓦盆盛酒荐豚肩。

驴肩每带药囊行,村巷欢欣夹道迎。

共说向来曾活我,生儿多以陆为名。

[点评]

陆游年轻时曾整理过祖传《陆氏集验方》一书,深谙摄卫养生之道,对普通的病痛都能自诊自治。他晚年长住山阴农村,看到许多乡民为疾病所困,就经常免费为他们诊病送药,因而受到了当地农民的尊敬爱戴和殷勤款待。

这两首农村记事诗描摹农夫蚕妇口吻行状,惟妙惟肖,生动自然。特别是乡民那种朴素自然的感情和倾村夹道热烈欢迎的场面,均体现出农村特有的人情味。

春日杂兴

夜夜燃薪暖絮衾①,禺中一饭直千金②。

身为野老已无责,路有流民终动心③。

[注释]

①衾(qīn 钦):棉被。

②禺(yū 虞)中:将近正午时候。直:通值。

③流民:流亡的难民。

[点评]

嘉定二年(1209)春,是陆游生命旅程中的最后一个春天。诗人身为野老,但诗中流露出来的思想精神还是那么执着炽热,让人怦然心动。

开禧嘉定年间,长江淮河一带发生严重的旱灾、蝗灾,再加上兵灾人祸,使那一带的老百姓无法生存,流离失所,纷纷外出向城市逃亡。当时的临安山阴一带,到处可见饥寒交迫的流民。而正在此时,陆游的生活也面临着严峻的危机。开禧北伐失败,南宋杀韩侂胄求和,陆游因赞成韩北伐又曾为韩写过《南园》《阅古泉》两记而遭到弹劾。春天,被罢免宝谟阁待制,生活陷于困顿,有时断炊,有时喝粥度日。贫穷和饥馑使他最真切地体会到流民的疾苦和不幸。所以,有时常想"安得粟满囷,作粥馈行路",让流亡的饥民有一口饱饭吃。古人云,达则兼济天下,穷则独善其身。诗人这时已是一介布衣、十足的"野老",但他还是关心民生疾苦,情同身受。

刘克庄在《后村诗话续集》卷二曾有这样的评价:"韦苏州(应物)诗云:'身多疾病思田里,邑有流亡愧俸钱。'太守能为此言者鲜矣。若放翁云:'身为野老已无责,路见流民终动心。'退士能为此言,尤未之见也。"的确,陆游在此诗中表达的自觉意识和责任心,远非一般士大夫文人所能望其项背,实在是他一生忧国爱民言行发自内心、毫无矫饰的真切披露。

游山西村①

莫笑农家腊酒浑②，丰年留客足鸡豚③。

山重水复疑无路，柳暗花明又一村。

箫鼓追随春社近④，衣冠简朴古风存。

从今若许闲乘月，拄杖无时夜叩门⑤。

[注释]

①山西村：即西村，在山阴镜湖畔陆游别业附近。
②腊酒：腊月酿造的酒。
③足鸡豚：指菜肴丰盛。足：充足，充盈。
④春社：古代以立春后的第五个戊日为春社。据《宋会要·运历二》：乾道三年正月初八立春，春社是农历二月十九。
⑤无时：随时，时时。

[点评]

　　陆游真称得上是一位绝妙的"导游"：只短短六十个字的一首七言律诗，就能把读者带进山清水秀、风光旖旎的江南小山村，让你饱览明媚秀丽的山乡景色，呼吸淳朴清新的田园空气，领略敦厚朴实的乡情乡俗。这天然古朴的农村风情画卷和着诗人充满诗意的动情描述，使诗更富有引人入胜的艺术魅力。

诗人在镇江任上时,曾用所得的薪俸,在山阴镜湖畔三山置宅一所。乾道二年(1167)罢职归乡,始卜择镜湖新居。这首诗是次年早春出游邻村时写下的,从"闲乘月""无时"等语看,诗中描写的当是三山别业不远处的山乡景色。

　　首联叙农村客情之浓。"莫笑农家腊酒浑",这腊酒是镜湖农村世代承袭的家酿酒,用糯米为原料制成的。酒熟后分酒液和酒酿两部分:滤出的酒呈米白色,滤后的酒酿也甜醉可食。诗中所说的"腊酒浑",指的就是这种没有经过滤处理的土制米酒,以其原汁原味敬献给客人,色泽上虽稍逊清亮,但味道还是挺纯正的。如果碰上年成好,农家还会杀鸡屠猪置办丰盛的菜肴款待客人。这二句于寻常的叙说中,透露出农家敦厚朴实的乡情,令人顿生亲近之感。

　　颔联写沿途景色之美。"山重水复"和"柳暗花明"本身是绝妙的当句对子,又间以"疑""又"等关联词,突出了对山水美景的主观感受,又准确地表达了客观景物层次的变化、境界的丰富多彩和置身其间的欣喜愉悦。山重水复和柳暗花明,确实可代表镜湖一带的地貌和景色。陆游在描写三山村居中,曾不止一次地唱道:"湖山胜处放翁家,槐柳阴中野径斜。"(《幽居初夏》)"水复山重客到稀,文房四宝独相依。"(《闲居无客,所与度日笔砚纸墨而已,戏作长句》)但这两句诗又不仅仅是对该处景色单纯客观的描写,而是集合了诗人对江南一带山环水绕、曲折幽深、千岩万壑、境界多变的主观印象后脱口而出的佳章。状难写之景于目前,含不尽之意于言外,"山重水复"固非一隅之景,"柳暗花明"也非早春风光。这一联妙就妙在"疑"和"又"两个流转关联的字眼上,突出主观印象,对举成文,不但情景婉见、自然流利,而且从意象本身还可以衍生出许多人生哲理的思考。

颈联描述民风民俗之淳朴。春社是农民自娱娱神的一个隆重节日,节前乡民们吹箫打鼓早就在着手演习了。祭社也是农民们最具实用价值的文化娱乐方式,代表着世代与田地打交道的乡民对风调雨顺的祈望。他们日出而作,勤劳俭朴,知足而乐;无名利之争,无宠辱之忧。与朝市中奢侈浮华、势利浇薄的风气正好形成对比,才会使诗人产生出无限的向往和热爱。既有前面的乡情美景的铺叙,再有这淳厚风俗的吸引,诗人内心油然萌生出一种羁鸟返林、池鱼归渊的由衷愉悦。尾联水到渠成,吐露出由出游产生的心愿,表示今后将常来常往,保持更密切的联系。诗以期望之意收笔,而且还设笔描绘了这样的一幅月下夜游的图景,不惜秉烛而行,足见诗人对时光、美景、乡情的无限怜惜。

读这首《游山西村》诗,常会令人联想到唐代孟浩然的《过故人庄》:"故人具鸡黍,邀我至田家。绿树村边合,青山郭外斜。开轩面场圃,把酒话桑麻。待到重阳日,还来就菊花。"两首诗都是写农村风光和与农民的亲切交往,章法结构上也有相近之处,但风味毕竟有别。孟浩然的诗境与王维相较好像是活泼不定的,但与陆游一比较,无论是写景抒情,却又显得淡泊圆润、客观宁静得多。我们只要把两首诗用于写景的颔联作一对比,就不难体会两位诗人不同的个性特点,从中亦可悟得唐、宋诗不同的艺术风味。

秋晚闲步,邻曲以予近尝
卧病^①,皆欣然迎劳

放翁病起出门行,绩女窥篱牧竖迎^②。

酒似粥醲知社到,饼如盘大喜秋成。

归来早觉人情好,对此弥将世事轻。

红树青山只如昨,长安拜免几公卿^③。

[注释]

①邻曲:邻居。

②牧竖:牧童。

③拜免:指封官和免职。

[点评]

　　诗是陆游六十九岁那年秋天病愈后写下的,"人情好"是这首农村诗吟咏的主题。

　　陆游晚年归园田居,虽奉祠半禄,但家境并不宽裕。为了生计,陆游与子孙们常一起躬耕陇亩,向田父野老学习稼穑之道。也参加一些力所能及的劳作,并自称"行年七十尚携锄"。平素灌园浇地,种豆锄瓜,使他有更多的机会接触村民。"东邻稻上场,劳之以一壶。西邻女受聘,贺之以一

襦。"(《秋晚农家》)诗人真诚的祝福,往往会得到乡民们十分的敬意和加倍的回报。这首诗叙说诗人卧病时普通村民对诗人的关切和照顾,情真意切,令人过目不忘。

俗话说,远亲不如近邻。绩女和牧童看到诗人病起出门,就关心地迎了上来,问长问短,又是送酒又是送饼。这种朴素而真诚的问候,给病后的诗人以莫大的精神慰藉。诗人从官场走向农村,农民的纯朴常使他感动万分。在陆游晚年,表现"人情好"的诗很多,如《东村》二绝:"野人知我出门稀,男辍锄耰(yōu 优)女下机。掘得茨菇炊正熟,一杯苦劝护寒归。""野人喜我偶闲游,取酒匆匆劝小留。舍后携篮挑菜甲,门前唤担买梨头。"山野之人对诗人是多么热情,这份真情厚意,委实令人心动。

"归来但觉人情好,对此弥将世事轻"一联,包含着两层意思:一层是说民间淳朴温暖、官场凶险奸诈,另一层则表达了诗人对山野之民深深的敬意。诗人回乡以后,"几年羸疾卧家山,牧竖樵夫日往还。"随着与村民野老相处日深,使他真切地感受到乡里间的一股正气。"至论本求编简上,忠言乃在里闾间。"(《识愧》)基于这样的感慨,使他更加鄙视官场的庸俗和冷酷。最后说,镜湖的风光依旧旖旎怡人,不知京城中又拜免了几位公卿大臣,有几人得志、几人失意? 这里"红树青山"斑驳亮丽,是诗人笔下典型的镜湖秋色。诗人病后拄杖眺望,眼前风景如画,回味人生,更觉风光这边独好。

这首七言律诗明白如话,通俗易诵。然浅显中有真情,平淡中有卓识,运用对比手法,褒贬春秋。诗非仅仅赞美乡间真情而已,实也包含着对仕途朝政的嘲讽。

稽山行

稽山何巍巍,浙江水汤汤^①。

千里亘大野^②,勾践之所荒^③。

春雨桑柘绿,秋风粳稻香。

村村作蟹椴^④,处处起鱼梁^⑤。

陂放万头鸭^⑥,园覆千畦姜^⑦。

春碓声如雷^⑧,私债逾官仓^⑨。

禹庙争奉牲^⑩,兰亭共流觞。

空巷看竞渡^⑪,倒社观戏场^⑫。

项里杨梅熟^⑬,采摘日夜忙。

翠篮满山路,不数荔枝筐。

星驰入侯家,那惜黄金偿?

湘湖莼菜出^⑭,卖者环三乡。

何以共烹煮?鲈鱼三尺长。

芳鲜初上市,羊酪何足当^⑮?

镜湖澶众水^⑯,自汉无旱蝗。

重楼与曲槛,潋滟浮湖光^⑰。

舟行以当车,小伞遮新妆。

浅坊小陌间⑱,深夜理丝簧⑲。

我老述此诗,妄继古乐章⑳。

恨无季札听㉑,大国风泱泱㉒。

[注释]

①汤(shāng 商)汤:水势盛大。

②亘(gèn 艮):横贯。

③勾践:春秋末越国的君主。荒:开辟。

④蟹椴(duàn 段):蟹簖,插在溪流中拦捕鱼蟹的竹栅。

⑤鱼梁:捕鱼时所筑的拦鱼之坝。

⑥陂(bēi 碑):池塘。

⑦畦(qí 其):菜园中分成的长行小区。

⑧舂(chōng 冲)碓(duì 对):农村捣米去壳的设备。这里作动词用。

⑨私债:当是"私积"之误,指私家的储藏。

⑩禹庙:会稽东南纪念大禹的祠庙。

⑪竞渡:赛龙船。

⑫倒社:与"空巷"对举,都是全村出动的意思。

⑬项里:地名,在镜湖三山一带。

⑭湘湖:地名,在今浙江省杭州市。莼(chún 纯)菜:一种水生植物,多生长在江南湖泊之中,味鲜美。

⑮羊酪(lào 涝):羊奶所炼制的食品。

⑯潴(chù 处):水停聚在一起。

⑰潋滟(liàn yàn 炼厌):水满波连的样子。

⑱浅坊小陌:指短短的里巷小街。

⑲丝簧:泛指乐器。

⑳古乐章:指《诗经》。

㉑季札:春秋时吴国的公子,他到鲁国去观乐,听到乐工歌唱《齐风》时,赞道:"美哉!泱泱乎大风也哉!"

㉒泱泱:指气魄宏大。

[点评]

　　这是一曲歌唱家乡的颂歌。

　　陆游一生有三分之二强的时间是在故乡山阴度过的。特别是晚年,筑室镜湖之畔,有近二十年的漫长岁月优游于稽山镜水之间,并写下了占他一生创作数量四分之三、达七千多首的诗作。他对家乡风物的熟悉程度简直到了耳熟能详的地步。王士禛说陆游"写村林茅舍,农田耕渔,花石琴酒事,每遂月日,记寒暑,读其诗如读其年谱也"(《带经堂诗话》)。梁清远也认为"陆放翁诗,山居景况,一一写尽,可为山林史"(《雕丘杂录》卷一)。读陆游的农村诗,犹如浏览一本有关南宋山阴农村生活的百科全书,诗人对稽山镜水农村生活进行了全景式的透视,能使读者从中获得更多更美的真实信息。

　　民以食为天,诗人首先把动情的诗笔对准鱼米之乡丰收景象的描写上。春天有桑柘蚕事,秋天粳稻飘香,随处可见的蟹籪和鱼梁都能打捞起意外的惊喜。还有池塘中的麻鸭、菜园中的姜芽,都包含着富足的愉悦。在如雷的春碓声中,有谁不为这诱人的景象所陶醉呢?

　　这首五言古诗,洋洋洒洒四十句,采用了总——分——

总的结构形式。总起四句,从历史切入,奠定物华天宝的基础;中间三十二句分别从农事、风俗、特产和环境四个方面赞美山阴农村的富饶美丽和人民勤劳安乐的生活;最后总述写诗动机。整首诗以铺陈为主,笔法详略有致,叙述、描写、点染,使画面色彩绚丽优美。诗人走笔绘景饱蘸激情,分述家乡风物景色,滔滔不绝如数家珍;读者开卷览阅,也如行走在山阴道上,神游目接美不胜收。诗中的农村生活画面虽有理想化的倾向,但作为文学作品是允许更集中更高地反映生活。诗人对生活进行充分提炼,营造一种美的气氛,传达艺术的感受,不也正说明诗人爱乡之心的殷切?

思 故 山

千金不须买画图,听我长歌歌镜湖①。

湖山奇丽说不尽,且复为子陈吾庐。

柳姑庙前鱼作市②,道士庄畔菱为租③。

一弯画桥出林薄④,两岸红蓼连菰蒲⑤。

陂南陂北鸦阵黑⑥,舍西舍东枫叶赤。

正当九月十月时,放翁艇子无时出⑦。

船头一束书,船后一壶酒。

新钓紫鳜鱼⑧,旋洗白莲藕。

从渠贵人食万钱，放翁痴腹常便便^⑨。

暮归稚子迎我笑，遥指一抹西村烟。

[注释]

①镜湖：即镜湖，因水平如镜，故称。

②柳姑庙：在镜湖三山陆游别业西侧。

③道士庄：原为唐代诗人贺知章镜湖一处所在，地处陆游屋庐的东侧，今已废。菱为租：以菱角代缴租税。

④画桥：在城西镜湖中，陆游故居的东南面。林薄：草木丛生之处。

⑤红蓼：即水蓼，生在水边的草生植物，色红可入药。菰蒲（gū pú 孤葡）：生在水边低洼处的野茭白。

⑥陂（bēi 杯）：山坡。

⑦艇子：即乌篷船。

⑧鳜（guì 桂）鱼：大口细鳞的鱼，生长在淡水之中。

⑨便便（pián 骈）：肥胖的样子。

[点评]

　　想象中的事物总是美好的，何况诗人怀思的故山本身即处于风景如画、声名远播的山阴道上，湖山之绮丽和风光之宜人更让人回味不尽。诗人这首作于建安任上的歌行体诗，用动情的语言讴歌了他深爱的家乡和充满诗意的村居生活。

　　苏轼在《东坡志林》中说读诗人王维的诗"诗中有画"，观王维的画"画中有诗"。后世的诗人遂把诗画一体看作山水田园诗崇高的美学境界。陆游这首诗，直以诗笔作画，又以画手写诗，用浓烈的语言泼就了一幅色彩斑斓、境界优美、充满水乡田园情趣的镜湖秋居图。家乡美景清晰如斯,早已烙在诗人的心目中,以至于诗人无须寻章摘句,即能出口成诵,一一胪述之:东边是唐代诗人贺知章赐封镜湖一曲的道士庄,眼下秋菱丰收,乡民们正可以菱代租过秤纳税;西侧柳姑庙是水乡鱼市,紧靠镜湖是渔舟泊岸的好地方,人来舟往好不热闹;东南方向掩映在丛林草木之间的一弯画桥,是放翁进城的必经之路,画桥两岸,水蓼菰蒲繁盛茂密夹岸而生。三山南北山坡上鸦雀盘旋,舍前屋后枫叶如丹,一片通红……诗人笔下有山有水,有茅庐屋舍、庙前鱼市、水乡物产,还有小桥流水、水草菰蒲、枫叶鸦阵,自然的、生态的、人事的景色一应俱全,风物展示给人以《清明上河图》式的全息感受。"柳姑庙"以下的六句诗,不惟致力于描绘吾庐所处的湖光山色,还特别注意渲染水乡秋日的丰收景象。人物与自然和谐相间的融洽气氛,为下面诗人多情的追忆提供了美的前提。"正当九月十月时"一句直到最后,是陆游赴任前回故乡小住月余的一幅生活剪影。诗人万里东归,本以为会在京城担任朝官,却遭到权臣曾觌的反对。一直等到八月底,陆游才得了个提举福建路常平茶事的差事,不免大失所望,九月即归山阴小住。一来洗去九年来的旅途风尘,二来尽情地享受重归故土的乐趣,以排遣仕途的阴霾。这段时间里,诗人驾着他的小篷船四处出游,乐而忘返。"船头一束书,船后一壶酒。"是何等的自得惬意!镜湖水域入秋后鳜鱼、莲藕亦随处可得,使诗人大饱口福。最动人的当是诗结尾处的特写:"暮归稚子迎我笑,遥指一抹西村烟。"美景和亲情交相辉映,令人陶醉。特别是稚子迎人的灿烂笑脸,读之可解人颐。此景此情,纵然是蓬莱有约,也会眷此而不顾的。

　　和陆游年前在山阴小住时留下的山水田园诗相比,这首诗别具空灵蕴藉的韵味,有一种由于空间距离间隔而产生的美感。追忆能过滤平时纷乱无章的生活,能更集中、更艺术地表现美好的感觉和印象。杜甫的《月夜》和陆游的这首句式参差、诗意隽永的歌行体诗,均得益于此。

赛神曲^①

击鼓坎坎^②,吹笙呜呜。

绿袍槐简立老巫^③,红衫绣裙舞小姑。

乌臼烛明蜡不如^④,鲤鱼糁美出神厨^⑤。

老巫前致词,小姑抱酒壶。

愿神来享常欢娱,使我嘉谷收连车。

牛羊暮归塞门间,鸡鹜一母生百雏^⑥。

岁岁赐粟,年年蠲租^⑦。

蒲鞭不施^⑧,圜土空虚^⑨。

束草作官但形模,刻木为吏无文书;

淳风复还羲皇初^⑩,绳亦不结况其余^⑪。

神归人散醉相扶,夜深歌舞官道隅。

[注释]

①赛神:祭神。

②坎坎:鼓声。

③槐笏:槐木做的笏,巫祭神时手里执持的木板。

④乌白烛:用乌白树的种子制成的蜡烛。

⑤糁(shēn 身):细磨的米。

⑥鸡鹜(wù 务):鸡鸭。

⑦蠲(juān 捐)租:免除租税。

⑧蒲鞭:用蒲草做的鞭子,鞭之不痛,但受其辱。

⑨圜(huán 环)土:指牢狱。

⑩羲皇:伏羲氏,我国古代传说中的古帝王之一。

⑪绳亦不结:古代以结绳记事,后代之以文书,此指无为而治。

[点评]

　　赛神即祭神,也叫赛社,是上古流传下来十二腊祭的遗俗。一年农事完毕后,农民们往往相聚以酒食祭田神,击鼓吹笙相与饮酒作乐。南宋江南一带,赛神风俗之盛,陆游《剑南诗稿》均有反映。陆游描写赛神的诗很多,据粗略统计,仅直接描写山阴一带民间赛社的诗就有七十余首,记录的赛事多在春、秋、冬三季。赛神场面之热闹,仪式之隆重,祭品之丰盛,只要读读这首《赛神曲》便可知一斑。

　　诗先描写祭神场面。在一片开阔的场圃前,隆重的祭祀仪式开始了,只听得鼓声坎坎、笙声呜呜。穿着绿色祭服的老巫手执槐板神色庄重站在前面领场,穿着红色漂亮裙衫的小巫在旁翩翩起舞。四周乌白蜡烛一片通明,烘托着庄重而神秘的气氛,丰盛的供品端端正正地摆放在祭台上。老巫上前代表乡民敬神致辞,小巫手执酒壶斟酒司供。诗既有对赛神场面气氛的渲染,又有对主祭人物老巫、小姑神情的具体描述,画面清晰可感,形象生动,基本能勾勒出赛神场面的大致轮廓。至于祭祀的地点,陆游的《秋赛》诗说是在柳姑庙前,看来一般置于庙前舍后开阔空旷的场地上。司祭参与的人很多:"小巫屡舞大巫歌,士女拜祝肩相摩。芳茶绿酒进杂遝(tà踏),长鱼大蔵(zì恣)高嵯峨。"祭品中多次提到鱼和酒,可见这是少不了的,象征着年年有余、岁岁安泰。其他如"社日淋漓酒满衣,黄鸡正嫩白鹅肥"(《代邻家子作》)中的黄鸡白鹅和猪豚,则是三牲福物,也常作为祭神的物品供神享用。这些美味佳酿从何而来?恐怕还得看看陆游的另一些诗:"半醉半醒村老子,家家门口掠社钱。"(《秋日郊居》)"邻僧每欲分斋钵,庙吏犹来催社钱。"(《晚秋出门戏咏》)可见赛神、祭神的钱资来自于各家各户,所以每到祭祀这一天必然是倾村而动。乡民们各自怀着对神的众多期望,祈求神灵降福保佑。

诗的下半首由老巫代表村民向神致意并表达心愿。农民的渴望是很朴素的,无非是六畜兴旺、五谷丰登、免租免税、不受官府欺压凌辱,能过安泰和平的生活。然而这一切仅仅是祈望而已,作为一种求神的心愿,诗委婉地暗示当时农民的物质贫困和官府暴政对他们的精神压迫。最后两句写祭神结束后,村民欢宴相庆、自娱自乐的欢乐场面,直到夜深还热闹非凡,歌舞阵阵。诗从娱神写到自娱,整个过程气氛热烈,活灵活现。吟咏一遍,有如同身临的感受。

诗题《赛神曲》，在这里是指古体诗中的一种，大抵模拟乐府诗的风格笔法而作。语言通俗浅近，文辞铺陈舒展，句式自由多变，四言、五言、七言参差交错，且以叙事为主，其中不乏观风俗、察民情、讽上观下的新乐府精神。

夏日六言

溪涨清风拂面，月落繁星满天。

数只船横浦口，一声笛起山前。

[点评]

这首六言小诗是诗人八十五岁那年夏天留下的。诗人用淡远闲适之笔，描摹了江南水乡夏夜的迷人景色。

小溪、清风、明月、繁星，浦口舟横，山前笛起。诗中点的勾画和面的渲染相得相形，意象也并非平板罗列，而是有内在联络的。"溪涨"，故船横浦口；"月落"，才能使笛声风送悠远。这如画之景伴着一声清脆悠扬的笛声所构成的诗境，令人味之不尽，能引发许多丰富的遐想。

这首六言诗每一句写一种意象，风调近似宋词中的六言对句。如"明月别枝惊鹊，清风半夜鸣蝉"（辛弃疾《西江月》）；又似元人小令句式，如"枯藤老树昏鸦，小桥流水人家，古道西风瘦马"（马致远《天净沙·秋思》），对仗工整流利，语言整饬和谐，意象生动优美，不愧是陆游垂暮之年得江山之助、妙手偶得的精彩篇章。

月　下

月白庭空树影稀，鹊栖不稳绕枝飞。

老翁也学痴儿女，扑得流萤露湿衣。

[点评]

陆游有一些闲适诗颇有唐人风韵。这首淳熙十年
（1183）九月写于山阴的小诗，就很有生活意趣。

秋月当空，树影扶疏，绕枝而飞的乌鹊因月光皎洁而栖
止不稳。此时诗人童心勃发，竟也像儿女们一样赶到庭园中
去捉萤火虫，即使露水打湿了衣服也在所不顾。正是这些似
乎不经意的闲笔，才更生动地勾勒出一个血肉丰满的诗人形
象。五十九岁的老翁童心犹在，痴顽起来竟和孩子一样。

诗人在垂暮之年，一直还保持着孩提时的童心，这殊为
难得。"老翁垂七十，其实似童儿。山果啼呼觅，乡傩喜笑
随。群嬉累瓦塔，独立照盆池。更挟残书读，浑如上学时。"
（《书适》）这些诗，都真切地展示了诗人平居生活之丰富多
彩和他性格中纯真天然的一面。

鹧鸪天

家住苍烟落照间,丝毫尘事不相关。斟残玉
瀣行穿竹①,卷罢黄庭卧看山②。　　贪啸傲,任衰
残。不妨随处一开颜。元知造物心肠别,老却英
雄似等闲。

[注释]

①玉瀣(xiè 谢):酒名,相传为隋炀帝所造。
②黄庭:道经名,是道家养生之书。

[点评]

这首词当作于从隆兴通判任上罢归镜湖三山不久。诗
人因竭力支持爱国将领张浚北伐,遭到投降派的嫉恨排挤
后,被迫蜗居落职。"元知造物心肠别,老却英雄似等闲"是
全词之眼。读这一类作品须探求疏狂背后深层的感发因素,
方可体会到诗人积极用世之念挫伤后的逆反心态和请缨无
路后的悲愤。

词营造的气氛很独特。主人公超凡出世,啸傲不群,疏
放中带点佯狂颓废。他寄身江湖,饮酒、看山、倚竹、读经,行
为如野鹤孤飞无所拘束,颓唐清狂,似乎真是一个出世者的
形象。这表面的闲谈和嬉笑强颜背后,投闲置散的痛苦是同

在的！所以词人怨老天心肠有别，不从人意。表面看来，满不在乎，但是这种南宋朝政现实之下的那种政局，只能让英雄感到沮丧愤恨。

这首词看似洒脱不羁，其实遣怀多于逍遥，疏狂中自有不平。山水之乐，老庄之道，看来并不能磨平诗人个性的棱角，所以结尾处头角峥嵘，仍不失英豪之气。

鹧鸪天

懒向青门学种瓜^①，只将渔钓送年华。双双新燕飞春岸，片片轻鸥落晚沙。　　歌缥缈，橹呕哑^②。酒如清露鲊如花^③。逢人问道归何处？笑指船儿此是家。

[注释]

①青门：长安城东出南头第一门。广陵人邵平为秦时东陵侯，秦亡后在青门外隐居种瓜。
②呕哑（yā 呀）：船橹声。
③鲊（zhǎ 眨）：腌制的鱼。

[点评]

这首词也作于罢归田居后。与上一首萧散中有明显的愤世之意不同，这一首写得比较隐约，主人公俨然是一个陶然忘机的快乐渔翁形象。

上片说自己无意于为生计而劳形，只想远离红尘孤舟垂钓，与镜湖的新燕、轻鸥相伴，自由自在地打发年华。下片则进一步状写飘然一叶的生活情趣和返璞归真的淡泊心境。

词中对镜湖风物的描写，往往与"我"的心境相和谐。燕飞春岸、鸥落晚沙的翩然自在之景，与词人怡然自得的神情融为一体，让读者在飘逸闲淡的境界中去理解词人，解读词人，从而认识作者面对挫折的旷达情怀和补偿生活、平衡身心的超人能力。词意放逸旷达，与李白"人生在世不称意，明朝散发弄扁舟"（《宣州谢朓楼饯别校书叔云》）之句，有相同的意思。

鹊桥仙

一竿风月，一蓑烟雨，家在钓台西住^①。卖鱼生怕近城门，况肯到红尘深处。　　潮生理棹^②，潮平系缆，潮落浩歌归去。时人错把比严光，我自是无名渔父^③。

[注释]

①钓台：在桐庐县境内，富春江上，相传是汉代隐士严光钓鱼

之处。

②棹(zhào 赵):船桨。

③渔父(fǔ 府):渔翁。

[点评]

　　富春江畔的严子陵钓台,是汉代隐士严光隐居的地方。这儿环境清幽,远离尘嚣,是山水胜处。陆游在淳熙十三至十四年间(1186—1187)曾写过好几首隐逸词。这首《鹊桥仙》有"家在钓台西住"之句,可能也作于严州任上。

　　这首隐逸词很具个性特色。词中"一竿风月,一蓑烟雨"的无名渔父,形象可感,性格鲜明,气度超然。词先用环境烘托渔父超尘拔俗的隐者形象,再点渔父不慕红尘、不趋时世的高洁志趣。最后连用"潮生理棹,潮平系缆,潮落浩歌归去"三个排比句式,摹写渔父与潮汐规律相谐、顺应自然的天性。浩歌归去不求闻达,体现了这位隐士不慕名利、清高豁达的风采。而词人笔下精心塑造的艺术形象,也就是自己人生观念的一种侧面披露。

　　就世界观而言,陆游无疑是一个积极坚定的入世者。他有崇高的政治理想,执着的人生目标,又具备坚忍不拔的意志和斗争精神。但在南宋这么一个和戎的环境之中,陆游显然是一个悖势者。他的作为注定不会见容于世,必然会屡遭当道者的排斥和挫伤。陆游的率真与放达是他壮志未酬后的一种情绪反激,也是他孤标独树、不与当道者同流合污的心迹表白。这种政治上的不合作态度,便演绎为词作中的超然,既不同于陶潜、王维之恬淡,也不同于张志和、朱敦儒的清真绝俗。他是迫于情势,身闲心不闲,由怨愤化解为无可奈何的旷达。所以这一类隐逸词中总不时地流露出幽愤之情:"时人错把比严光,我自是无名渔父。"与这一首作于同时的另一首联章之作圭角更露,兹录于下云:"华灯纵博,雕鞍驰射,谁记当年豪举。酒徒一半取封侯,独去作江边渔父。轻舟八尺,低篷三扇,占断萍洲烟雨。镜湖元自属闲人,又何必官家赐与!"同是渔父形象,后者的不甘已溢于言表,议论的成分也大大增加。从总体感觉上看,总不如"一竿风月"的渔父形象更接近于隐逸主题的原型。词人虽则超旷,然总不耐含婉沉潜,急于披心剖胆,留下些许水迹沙痕,让人想见当时汹涌的情感浪花——这就是陆游的隐逸词。

听雨忆人

小楼一夜听春雨

陈阜卿先生为两浙转运司考试官^①

冀北当年浩莫分^②,斯人一顾每空群。

国家科第与风汉^③,天下英雄惟使君^④。

后进何人知大老^⑤?横流无地寄斯文^⑥。

自怜衰钝辜真赏,犹窃虚名海内闻。

[注释]

①本诗原题为:《陈阜卿先生为两浙转运司考试官,时秦丞相孙以左文殿修撰来就试,直欲首选。阜卿得予文卷,擢置第一,秦氏大怒。予明年既显黜,先生亦几蹈危机。偶秦公薨,遂已。予晚岁料理故书,得先生手帖。追感平昔,作长句以识其事,不知衰涕之集也》。陈阜卿:陈子茂,字阜卿,官至吏部侍郎兼中书舍人、直学士院。秦丞相孙:指秦桧的孙子秦埙。

②"冀北"一联:用韩愈《送温处士赴河阳序》"伯乐一顾冀北之野而马群遂空"之典故,称赞陈子茂是善识英才的伯乐。

③风汉:意即疯汉。

④使君:曹操曾对刘备说:"今天下英雄惟使君与操耳。"此借指推尊陈子茂。

⑤大老:孟子曾称赞伯夷与姜尚为天下之大老,"老"此指德高望重的人。

⑥横流:沧海横流,比喻文道的衰微。斯文:本指有操持的文人儒生,这里作者自指。

[点评]

这首写于庆元五年(1199)秋的怀人诗,诗题特别长,像一篇小记,详细记录了四十六年前诗人赴锁厅试时的前后遭遇。对主持考试的陈子茂先生公正不阿、不畏权势的行为记忆犹新,对陈的知遇之恩亦永铭在心。

宋代的锁厅试是专为现任官吏和恩荫子弟而设的,是考核他们才干的一种方式。成绩好的,只迁官而不与科第,不及格者则落职停官。当时陆游以恩荫补登仕郎,赴临安参加两浙转运司锁厅考试,适逢当朝权相秦桧之孙秦埙也来应试。秦氏权焰嚣张,志在必得,结果主持考试的陈之茂并未按秦桧的意图行事,只按优劣,把陆游录取为第一名,秦埙只取第二。秦桧为此大怒,迁怒于主考官。第二年,陆游即在礼部考试中被秦桧公然黜落报复,主考官陈子茂也几遭迫害。好在秦氏不久下世,才避免了一场奇祸。但台谏仍据此对他进行了弹劾,竟至罢官,这未免有些冤屈。这一连串事给陆游的触动很大,陆游虽然最终没有及第,并受到了沉重的打击,但陈之茂的为人却给他留下了深刻的印象。直到晚年,他都珍藏着陈的手帖。每每念及陈子茂的刚正无私与对自己的赏识厚爱,就感动得热泪盈眶。这首七言律诗,深情地表达了诗人对这位前辈主司的推重和感激。

诗先把陈子茂比作慧眼识英才的伯乐,善于从"冀北"广阔的天地里,从纷乱的马群中一眼就相中良骥。首联是对陈善于选拔人才的称誉,同时也暗点自己当年力挫群雄,独占鳌头的事实。颔联出句"国家科举与风汉"是用唐代刘蕡(fén 坟)的典事。刘蕡是杨嗣复的门生,生性秉直,不畏权势。在对策时亦敢于直言冲撞权臣仇士良,仇士良就责问杨嗣复:"奈何以国家科第放此疯汉耶?"意思是说当初你们是怎么把的关,竟让这个"疯汉"步入科场?"疯汉"是仇士良对刘蕡的污称。陆游在此乐以直言不讳的刘蕡自比,把秦桧等同于仇士良之流,揭露了秦氏诸人排斥异己的阴暗勾当。对句则直视陈子茂为刘备一样的天下英雄。陈子茂是个正直的人,在当时要坚持原则,确实需要勇气和胆略,所以陆游比之于"天下英雄"也非过誉。颈联则又对陈以"大老"相称,把他看作伯夷和姜尚一类德高望重的人物,而自己则是沧海横流无地寄身立足的一介书生。前者道德人品世人不知,后者空有雄心抱负却难以立足,在这个社会中都是属于不得意、不得志的人。这一联是个转折,把前面对陈先生慧眼胆识、道德人品的由衷赞叹与不遇于世、不逢于时的外部境遇相映衬,写出了陈先生虽能识人但却不被人识的客观现实,从先生身上,诗人也真切地感受到了有志之人的寂寞。尾联说自己这一生没有做出什么惊世的业绩,只博取了一个风雅的诗名,有负先生当年的赏识与错爱。这一番话绝非客套。当初,陆游参加锁厅试和礼部试,均以一腔热血、万丈豪情、敢有作为的文辞打动了主考官才擢为第一,所谓"名动高皇,语触秦桧",代表的是南宋主战派的共同心声。现在半个世纪将要过去了,自己也由一个初生牛犊变成古稀之翁,而"少年志欲扫胡尘"的心愿却无由实现,愧对先生的一片厚望,所以"追感平昔",百感交集,涕泪俱下。

这首诗直抒胸臆,情真而意切,字字从肺腑中流淌而出。

典故的运用使诗的内涵大大丰富,有助于准确地表达感遇和愤世两种复杂而强烈的思想感情。

渔家傲

寄仲高①

东望山阴何处是,往来一万三千里。写得家书空满纸。流清泪,书回已是明年事。　　寄语红桥桥下水②,扁舟何日寻兄弟?行遍天涯真老矣。愁无寐,鬓丝几缕茶烟里③。

[注释]

①仲高:陆升之,字仲高,陆游堂兄,年长陆游十二岁,善文,词翰俱妙。

②红桥:又作虹桥,在山阴城西,镜湖三山别业东侧。

③"鬓丝"句:借用杜牧"今日鬓丝禅榻畔,茶烟轻飏落花风"(《题禅院》)诗意。鬓丝:指鬓发斑白稀疏。茶烟:煮茶时冒出的水汽。

[点评]

在陆游同辈的兄弟中,堂兄仲高是与陆游相从甚密且有文字之交的一位。早年,这位堂兄曾和陆游等人一起赴临安参加科场考试,飞扬翰墨,结为莫逆之交。步入仕途后,因政见不同曾一度出现分歧,仲高阿附权臣秦桧,并以不光彩的手段被擢升大宗正丞。陆游对此深为不满,曾奉劝堂兄及早抽身,以为获此职位并非美事。以后发生的事正不出陆游所料,秦桧死后仲高受累被远贬雷州。陆游虽怒其不争,但毕竟血浓于水,难割亲情。七年后仲高历尽沧桑后回到山阴老家,适逢陆游罢枢密院编修回乡待缺,两人再次重逢感慨万千,尽释前嫌,兄弟之谊便弥足珍视了。陆游为仲高作《复斋记》,赞许仲高"落尽浮华,以返本根",对他的文章人品称誉甚高。陆游入蜀后,在信息传递困难的日子里,兄弟之间也常有诗书往来。乾道八年(1172)秋,诗人在阆州收到"山阴万里书",这首回寄词当作于此后不久淳熙元年(1174)仲高离世前。

词由堂兄家书引发,语调如泣如诉,感情浓烈。上片写乡思,"一万三千里"极言乡关的遥远难及。日暮乡关何处是?词人翘首东望,唯见云山万重阻隔,路途迢递渺茫。在这种情况下,能够得到来自家乡的信息,不啻有万金之珍!词人打开堂兄的书信如见至宝,这份心情是我们今天信息高度发达、只消一个电话就解决问题的时代所无法想象的。词人既激动又兴奋更伤情,急欲写信回复,但落笔时想到堂兄收到这封信时当是明年的事,不禁又伤感起来,泪是和着墨一起流淌在纸上的。词人恨关山阻隔,恨感情不能及时传递沟通。一封普通的家书要在路上走一年半载,这份沉甸甸的乡情,此时此刻却无人能解,故清泪越发难收。上片重在刻画写信时的心情,点思乡。下片转入对题意的阐发,是怀人。红桥想必是当年兄弟经常一起吟赏的地方。词人身寄异乡他地,是多么怀念与仲高驾一叶扁舟在红桥游赏聚首的日子,多么渴望好梦重圆,兄弟团聚重温旧情。此处不直言寄语堂兄,而说寄语桥下之水,托情于小桥流水,笔法婉曲多姿。想必这位"词翰俱妙"的堂兄一定能体会到陆游言情的这番深意,必然更能唤起许多美好遐想与回味——这是词人在下片想让堂兄明白的第一层意思,叙兄弟旧情。第二层意思是自己在寂寞之中华年虚度、壮怀落空的苦闷。词人离乡背井万里客游,是为了实现平生的志愿。现在报国无门,投闲置散,鬓发虚白,伴随自己的依然是茶烟禅榻,过的是烹茶参禅清闲无聊的生活。"志士凄凉闲处老"(《病起》),这当是人生最大的悲哀。这份心情是陆游从南郑前线内调成都后,体会到的最强烈最典型的政治感受。在这首词中虽只是委婉的流露,但这里的叹老嗟愁是与所志不遂紧紧相连的。词人这样写,一是想让家人了解他目前的生活状况、政治境遇,二是借此向亲人诉说岁月催人的精神苦闷。情见乎辞,酸楚之意见于言外。整首词情辞俱佳,含意深邃,不惟在陆游众多抒情词作中翘楚卓立,就是在二宋词坛抒发思乡和亲情的同类题材领域内,也算得上是一首立意新颖、极为出色的作品。

送辛幼安殿撰造朝[①]

稼轩落笔凌鲍谢[②],退避声名称学稼。

十年高卧不出门，参透南宗牧牛话③。

功名固是券内事④，且葺园庐了婚嫁⑤。

千篇昌谷诗满囊⑥，万卷邺侯书插架⑦。

忽然起冠东诸侯⑧，黄旗皂纛从天下⑨。

圣朝仄席意未快⑩，尺一东来烦促驾⑪。

大材小用古所叹，管仲萧何实流亚⑫。

天山挂旆或少须⑬，先挽银河洗嵩华⑭。

中原麟凤争自奋⑮，残虏犬羊何足吓！

但今小试出绪余⑯，青史英豪可雄跨。

古来立事戒轻发，往往谗夫出乘罅⑰。

深仇积愤在逆胡，不用追思灞亭夜⑱。

[注释]

①辛幼安：辛弃疾字幼安，号稼轩，山东历城人，嘉泰三年
（1203）以朝请大夫、集英殿修撰知绍兴府兼浙东安抚使。

②鲍谢：南朝宋时诗人鲍照和谢灵运。

③南宗牧牛话：指佛教禅宗主张修心之语，佛教比喻修行为
牧牛。

④券内事：有把握的事。

⑤葺（qì 弃）：修补。

⑥昌谷：唐诗人李贺，住河南昌谷。

⑦邺侯：唐李泌，德宗时宰相，封邺侯，家有藏书。

⑧"忽然"句：指辛弃疾起知绍兴府兼浙东安抚使事。东诸侯：做

浙东诸州的长官。

⑨黄旗皂纛(dào 道)：形容安抚使的仪仗。皂纛：黑色的大旗。

⑩仄席：即侧席，不正坐，表示尊重贤者。

⑪尺一：指诏书。诏书长一尺一寸。

⑫管仲萧何：均为古代贤相。管仲：齐桓公相，使齐国富强。萧何：汉初名相，辅助刘邦战胜项羽，成就帝业。流亚：同一类的人。

⑬天山挂斾(pèi 配)：指立功边疆。少须：稍待，稍等。

⑭嵩华：指嵩山和华山，泛指沦陷的中原地区。

⑮麟凤：豪杰之士。

⑯绪余：余力。

⑰乘罅(xià 下)：钻空子。

⑱灞亭夜：指李广失意时在灞亭受辱，后杀灞亭尉以报私仇之事。

[点评]

陆游和辛弃疾同是南宋初年著名的爱国志士，他们两人间的深厚友谊，也是南宋文坛的一段佳话。

宁宗朝权臣韩侂胄用事，为了消除庆元党禁的不利影响，巩固已经取得的权位以便政治上再图进取，倡导北伐，恢复中原。嘉泰三年(1203)起用著名抗金将领辛弃疾为绍兴府兼浙东安抚使。次年，辛弃疾应诏入都，商讨国事。看到朝廷克复中原的决心和对抗金志士的再次倚重，陆游感到十分兴奋，并为朋友感到高兴，于是充满激情地写了这首诗为辛弃疾送行。

诗先盛赞了辛弃疾的文学才华和个人涵养。辛弃疾是著名的词人，但他的一生也和陆游一样，不但未受重视，反而屡遭排斥十年之久。人生有几个十年？诗人对这种失意苦衷极有同感，说辛弃疾家居十年，以翰墨、稼穑为事，参透禅机，退只能著文养性，蓄势自珍；进才能材尽其用，青史雄跨。"忽然起冠东诸侯"以下十二句，有"忽然起冠"的惊喜，也有才比管仲、萧何的赞许，更有青史雄跨的勉励期望。各种感情交织在一起，表现了作者对友人相知之深，相勉之切。最后四句的叮咛，堪称知交间最亲密无间的贴心话，语重而心长：大敌在前，应胸怀天下，不必计较个人恩怨私仇，以共同完成一统河山的伟大事业。最后四句于当时复杂的时局很有针对性，至少表现出诗人两方面的胆识。首先是很有政治远见：诗人虽对北伐充满必胜的信念，但他也清醒地认识到敌我相持形势的严峻，所以特别提出"立事戒轻发"。在这一点上，正与辛弃疾战略上藐视敌人、战术上重视敌人的策略不谋而合。但这种严肃谨慎的态度，与韩侂胄的实际目的却是相左的。所以辛弃疾被任命为江淮前线的镇江知府不到一年即被降职免官，开禧北伐也以仓促行事而败北。其次，他以国事为重、不计个人私仇、一致对外的忠告，在当时党争余波未息的情况下，也很有现实意义。意气用事，斤斤计较，在北伐的事业中只能使亲者痛、仇者快。陆游这些话，国事与私谊两见殷勤，表现了一个爱国者磊落坦荡的襟怀。

湖上急雨

溪烟一缕起前滩,急雨俄吞四面山。

造化等闲成壮观,月明却送钓船还。

[点评]

　　宋代写暴雨的名篇佳章很多。像苏轼《望湖楼醉书》《有美堂暴雨》,一绝一律写杭州西湖夏日的雷雨景象,其中"黑云翻墨未遮山,白雨跳珠乱入船""天外黑风吹海立,浙东飞雨过江来"等,都是善于捕捉瞬间形象脍炙人口的名篇名句。

　　诗人写的是镜湖月夜的一场急雨:远远望去,刚才溪滩上还只是丝丝雨烟,没想到顷刻之间大雨就吞没了四周的湖山——大自然的变化真是无穷奇妙。就在诗人为这一随意的挥洒而感叹不已时,却已雨过天晴,明月在空,一切都恢复了以往的宁静和安闲。这四句诗承得紧,转得快,笔法灵捷与雨势相应,写足题意。急雨是大自然不经意间的一幕奇观,而这首急雨诗,则是大诗人信手拈得的一则小品。

雨

映空初作茧丝微,掠地俄成箭镞飞^①。

纸帐光迟饶晓梦^②,铜炉香润覆春衣。

池鱼鲅鲅随沟出^③,梁燕翩翩接翅归。

惟有落花吹不去,数枝红湿自相依^④。

[注释]

①箭镞(zú 族):箭头。
②饶:多。
③鲅鲅:鱼儿跳跃之声。
④红湿:著雨的花瓣。红:花,此指海棠。

[点评]

　　唐代诗人杜甫,在留寓成都期间有一首著名的咏雨诗章《春夜喜雨》。那"随风潜入夜,润物细无声"的"好雨"以及"晓看红湿处,花重锦官城"的雨中画景,给人留下了十分清丽美好的印象。无独有偶,陆游似乎对成都的春雨也情有所钟。他在范成大幕中做参议官期间(1176)也欣然写下一首《雨》诗,从另一个角度,描述了诗人对于锦官城之雨细腻入微的感受。

　　首联先从描摹物态入手,生动地再现了春雨由映空而飘的"茧丝"化为掠地而飞的"箭镞"的瞬息变化过程。这是一般人不经意之处,却也是诗人对春雨观察痴迷入神的地方。颔联写人在春雨中的感受:春雨春阴使"春眠不觉晓",这种天气特别缱绻缠绵留人好梦,湿润的空气到处弥漫着袭人的薰香。处于这样一种"薄雾浓云"的温柔环境之中,会让人感觉到一份闲适和雅致。颈联则把视线由室内移向室外:野外的沟渠之中,鱼儿趁雨欣喜出游,而燕子却归巢避雨,诗人在此不仅细致地描述了雨中不同的物候现象,还随意点化融合了"细雨鱼儿出,微风燕子斜"(杜甫)、"微雨燕双飞"(晏几道)、"双燕归来细雨中"(欧阳修)等唐宋诗词中关于春雨的优美意境,使雨的形象、氛围更丰厚,更富有诗情画意。结尾处,诗人把赏爱的目光投注到着雨的海棠花上:"数枝红湿自相依。"写雨中海棠红湿可怜之态,使人联想到老杜春雨诗的意境。人说杜甫没有海棠诗,但"晓看红湿处,花重锦官城"不就是雨中海棠?海棠是蜀中名花,也是装点成都春景的花中之魁。陆游在写这首《雨》诗的同时,还写有《花时遍游诸家园》,极言成都海棠的繁丽富艳。海棠喜阴,雨中红湿数枝相依,更现其楚楚动人之态,因此成为锦官城雨中一道充满地域特色的亮丽风景。

如果说杜甫的《春夜喜雨》侧重于对"好雨"应时而至、滋润万物的欣喜之情的描写,那么陆游的这首《雨》诗更关注雨景以及雨中人情物态的细致写摹。杜甫的诗偏重于主观写意,陆游诗则是工笔写生。这两首诗均得灵感于春日成都,堪称描写锦官城春雨的姐妹诗篇。

临安春雨初霁①

世味年来薄似纱,谁令骑马客京华?

小楼一夜听春雨,深巷明朝卖杏花。

矮纸斜行闲作草,晴窗细乳戏分茶②。

素衣莫起风尘叹③,犹及清明可到家。

[注释]

①临安:南宋都城,今浙江杭州。
②细乳:沏茶时水面浮起的泡沫。分茶:品茶。
③"素衣"句:化用晋陆机"京洛多风尘,素衣化为缁"诗意,说京城的风尘会把白色的衣服染黑。

[点评]

　　陆游的七言律诗中,名联俊句常常层出叠见,美不胜收。这首诗中,"小楼"一联便是最亮丽的一笔,也是陆游写春雨最动人的句子之一。

　　诗人六十二岁那年,终于被重新起用为严州(浙江建德)知州。接到任命通知后,他赶赴临安朝见,暂住在西湖边的客舍里。时值春天,一夜绵绵细雨,诗人辗转难眠,临明时小雨初霁,小巷深处不时地传来一声声的卖花声。杏花带来春的消息,给客中的诗人以些许的诗意慰藉。这一联十四字一气呵成,自然流动,虽得来全不费工夫,却有许多令人咀嚼回味的地方:江南的春天通常烟雨蒙蒙,经过一夜春雨洗礼,临明天气放晴,小楼外深巷中,空气滋润而清新。卖花姑娘那一声声轻软的吴语俚音,和着她挽携中的杏花清香,在清晨的小巷深处扩散弥漫。这声音显得格外清脆悦耳,这空气似乎也飘着湿润的清香。这便是陆游笔下江南小巷的春晨,这一幅未经任何雕饰的天籁画境,既有小巷小楼的幽深清丽之美,更有画卷无法传达的诗意——画外之声。如细加寻绎,再深入探究一下诗人小楼一夜听雨的心态和对明朝小巷卖杏花的欣赏,则更能深入到诗人的内心世界,从而发掘出其中的寓意。小楼一夜听雨,暗示诗人客居一夜未眠。到底是什么使诗人辗转反侧?关注一下律诗的其他三联,就能找到答案。首联告诉读者,诗人被谗退之后,饱谙世味,对此次进京求职不抱多大希望。颈联写客居日长无事,徒以写字品茶打发光阴。尾联说京城风尘令人生厌,希望及早回家。从这些诗句中,流露出诗人被重新起用后掩盖不住的失望与苦闷。表面上学书品茶淡泊清新,内心深处却牢骚满腹很不得志,所以客中光阴难挨难度。这二句与尾联希望及早返家的意思是一致的,都含有对自然淳朴生活的向往。

"小楼"一联,堪称整首律诗的眉目。不但刻画了江南小巷之春的典型场景气氛,同时又表现了诗人客居时的苦闷情绪,意关其他数联。既是动人所在,也是灵光所聚,一联生色,光耀全篇。

父德子贤

家祭无忘告乃翁

冬夜读书示子聿

古人学问无遗力^①，少壮工夫老始成。

纸上得来终觉浅，绝知此事要躬行^②。

[注释]

①无遗力：不遗余力。
②绝知：深知。

[点评]

　　陆游在示子诗中有许多精彩的议论，有的在今天看来，也是字字珠玑很有价值的。这首写于庆元五年（1199）冬夜的示子诗，谈论的话题即是他六十余年文学创作的成功经验和结晶。

　　诗人晚年常与子聿诗书相伴："父子更兼师友分，夜深常共短檠灯。"（《示子聿》）奇文共欣赏，疑义相与析。这首诗主要从两方面对子聿进行启发教育：一是勉励治学要刻苦努力，从少壮到年老都不能放松，坚持不懈，才会有所成就。在这一方面，诗人少时既耽学，读书废寝忘食，白首归居田园，也是勤学不辍。二是要重视躬行，"纸上得来终觉浅，绝知此事要躬行"两句，即说明读书与创作均不能闭门造车——纸上得来的东西，须经过一番实践才能真正为自己所有;创作的得失,只有经过生活的检验才全部表现出来。因此,陆游十分重视创作过程中生活体验对诗歌感发的作用:"挥毫当得江山助,不到潇湘岂有诗。"(《予使江西时以诗投政府丐湖湘一麾会召还不果偶读旧稿有感》),在评诗时也强调生活对创作的影响:"君诗妙处吾能识,正在山程水驿中。"(《题庐陵萧彦毓秀才诗卷后》)陆游主张把创作的视野从书本引向广阔丰富的生活中去,并说:"大抵此业在道途则愈工,虽前辈负大名者往往如此。愿舟楫鞍马间,加意勿辍。他日绝尘迈往之作,必得之此时为多。"(《与杜思恭书》)主张直接感受生活,抒写生活,掌握真正的创作法则。"饱以五车书,劳以万里行。"(《感兴》)学问与躬行并重,才能有所建树有所成就。这两方面的学习精神,是陆游留给后人的宝贵经验,对我们今天的学习仍有极大的借鉴意义,很有倡导的必要。

示子孙(二首)

为贫出仕退为农,二百年来世世同。

富贵苟求终近祸,汝曹切勿坠家风。

吾家世守农桑业,一挂朝衣即力耕。

汝但从师勤学问,不须念我叱牛声。

[点评]

陆氏世家确实有值得称道处："孝悌行于家,仁义修于身。""世世守之,不以显晦易也。"(《渭南文集》卷三十二、《右朝散大夫陆公墓志铭》)高祖陆轸少时家贫未能求学,但刻苦不息,七岁即能自作诗。出仕后,为官清廉,在朝四十余年,终身未尝添置家产,只以余俸买书,以此留给子孙。曾祖陆珪也清贫自守,不尚华丽。祖父陆佃少时尤其清苦贫寒,晚上没有油烛,就到月光下读书,虽暑天寒冬犹苦学不辍。后官至尚书左丞,为官正直有节,不骄不阿,晚年在陶山"结楼著书",以书传人。父亲陆宰官至直秘阁、京西路转运副使,是个有名的爱国志士,也是浙东著名的藏书家,一生心血全付于藏书,留给陆游的是丰富的文化遗产和一片炽热的爱国心肠。陆游祖上不尚豪奢、清廉自守的家风深深影响了陆游的一生。他不但身体力行,而且时时告诫子孙,用陆氏一门二百年来的优良作风教育儿辈,要求他们清贫自励,重农务本,不要忘记自己是陆家子孙,应好好继承这种清正勤勉的作风报效国家。这两首绝句集中体现的就是这一思想。

第一首是教育子孙为农为官的道理,要他们做一个正直勤劳、品行端正的人,无论是出仕还是退守田园,都应该保持一颗平常心。做官时切莫贪恋富贵,为农时努力耕作,切勿懈息。在此,陆游特别强调出仕不求富贵的道理。他的祖上是如此,他自己亦以此为鉴,并要求子孙不坠家风。这种家风,显得何等崇高先进,可谓是陆氏一门优秀的品德所在!第二首则告诫子孙要刻苦努力,在稼穑的同时,不忘学业是立身之本。陆游可以不要功名富贵,但他决不舍弃视之为生命的学问之道。陆氏一门诗书传家,生活虽极其清贫,但藏书丰富。子孙在家庭的熏陶下,谨守家学,嗜书成风。陆游中年入蜀寓居近十年,东归时不载一物,尽买蜀书以归。他一生留给子孙的除了弥留之际"但悲不见九州同"的遗恨外,就是满屋"色色已具"的平生藏书。他至死都还牵念着建立一个藏书阁的事,要求子孙极力了之。

陆游对子女的教育,倾注了他巨大的热情,不但言传,而且颇重以身垂范。他教育子孙不图富贵,自己即清贫自守;他教子孙读书,自己即苦读不倦。他倡导的克勤克俭的家风,不仅在当时具有进步意义,就是今天对教育子女也不无启发。

示 儿

死去元知万事空,但悲不见九州同①。

王师北定中原日,家祭无忘告乃翁②。

[注释]

①九州同:指统一中国。

②乃翁:作者自指。乃:你。

[点评]

正如陈祖美先生在《陆游等三家"示子"诗述评》一文中

所评价的:"历代与'示子'内容有关的诗歌尽管难以数计,但真正在文学史上占一席地位的却为数不多,至于能够占重要地位的可以说只有陆游一家。"(《陆游论集》吉林文史出版社1987年版)示子这类诗,陶渊明、杜甫、白居易、韩愈、苏轼等诗坛大家都有涉笔。他们之中有的表现亲子之爱、舐犊之情,有的则借题发挥,寄寓不遇于世的愤慨之情。其中虽亦不乏内心的真情流露,但大都围绕着血浓于水的人伦之情表现父子天性和私爱亲情。所谓"怜子如何不丈夫",情之所钟不外乎以上几个方面。

陆游是个多子且又高寿的诗人,创作周期特别长,为儿孙留下的诗亦最多。其中既有表现拳拳之爱的如《喜小儿病愈》《喜小辈到行在》,也有表达愤世之情的如《书叹》,还有表现"父子更兼师友份"的论诗谈文之作,教育儿孙清廉自守、重农务本的如《示儿孙》《送子龙赴吉州掾》等。然而,最终使陆游享有巨大声誉并能使这一类题材跻身于文学殿堂的,却是他临终前的这首《示儿》诗。这首临终绝笔,既是他一生爱国忧时思想最精彩的总结,也是他留给儿孙后代最宝贵的精神遗产,已非一般意义上的临终嘱托。它可以一字不改地留给千秋万代,留给普天之下所有爱国的子孙后代,去完成前辈们未竟的事业。

在这首绝句中,诗人对国家的爱和对民族命运的关注,已经超越了生与死的界限。一位八十五岁的老人,在临终易箦之际,仍悬望着祖国的命运。绝笔诗中无一字言及私事,说人至死什么都可以丢开,唯独未能见到祖国统一则是终生遗恨。陆游生前看到的只是失败与屈辱,但他至死也没有失去对北伐的信心,希望理想能在儿孙们身上得以实现。所以特地告诫子孙:在祭祀时别忘了以王师北定中原的好消息相告慰。临终的肺腑之言,正是他一生志愿的有力的总结,大有"三呼渡河之意"。这种至死不渝的爱国思想不仅对儿孙很有教育意义,也令千年而下的人们深深感动。

历史上曾有多少人少年豪壮激烈,而一旦受挫后便悲慨不已,而像陆游那样"寸心至死如丹"、此情至死未已的人却是寥寥无几。诗人弥留之际思想所放出的耀眼光芒,将永远激励着后来者为国家、民族的事业而奋斗不息。

送子龙赴吉州掾①

我老汝远行,知汝非得已。

驾言当送汝②,挥涕不能止。

人谁乐离别?坐贫至于此③。

汝行犯胥涛④,次第过彭蠡⑤。

波横吞舟鱼,林啸独脚鬼⑥。

野饭何店炊?孤棹何岸舣⑦?

判司比唐时⑧,犹幸免笞箠⑨。

庭参亦何辱⑩,负职乃可耻⑪!

汝为吉州吏,但饮吉州水。

一钱亦分明,谁能肆谗毁⑫?

聚俸嫁阿惜⑬,择士教元礼⑭。

我食可自营⑮,勿用念甘旨⑯。

衣穿听露肘,履破从见指。

出门虽被嘲,归舍却睡美。

益公名位重⑰,凛若乔岳峙⑱。

汝以通家故⑲,或许望燕几⑳。

得见已足荣,切勿有所启㉑。

又若杨诚斋㉒,清介世莫比。

一闻俗人言,三日归洗耳㉓。

汝但问起居,余事勿挂齿。

希周有世好㉔,敬叔乃乡里㉕。

岂惟能文辞,实亦坚操履㉖。

相从勉讲学,事业在积累。

仁义本何常,蹈之则君子㉗。

汝去三年归,我倘未即死。

江中有鲤鱼㉘,频寄书一纸。

[注释]

①子龙:陆游次子。吉州:今江西省安吉县。掾:官府中助理
人员的通称。子龙去吉州任司理参军,协助掌管司法工作。

②驾言:驾车。言:助词,无实义。

③坐贫:因为贫困。

④胥涛:指钱塘江的潮水。传说伍子胥自杀后化为潮神,每年涛涌钱塘江。

⑤彭蠡(lǐ礼):今江西境内的鄱阳湖。

⑥独脚鬼:即夔。古代传说中的独脚怪物,形状若牛。

⑦孤棹:孤舟。舣(yǐ蚁):靠岸停船。

⑧判司:参军之类职位低下的小官。

⑨笞箠(chī chuǐ吃垂):鞭打。这二句的意思是说宋朝小吏的政治遭遇比唐朝要好多了,不用再挨打了。

⑩庭参:属吏在公堂上拜谒长官的仪式。

⑪负职:渎职,不称职。

⑫肆谗毁:任意说坏话,诬蔑。

⑬阿惜:子龙之女。

⑭元礼:子龙长子。

⑮自营:自己安排。

⑯甘旨:此指子女奉敬父母的精美食物。

⑰益公:周必大,庐陵(安吉)人,曾官左丞相,封益国公,时退居在乡。

⑱乔岳:高山。

⑲通家:有世谊交情的家庭。

⑳望燕几:拜见的敬词。燕几:可供坐卧休息的用具。

㉑启:请求。

㉒杨诚斋:杨万里,号诚斋,吉州人,南宋著名诗人。

㉓洗耳:相传尧曾想把帝位让给许由。许由认为这话把他的耳朵污秽了,于是去水边洗耳。这里借指听俗人话后,要洗

耳才能去秽。

㉔希周：即陈希周，陆游世交。

㉕敬叔：即杜敬叔，陆游同乡。

㉖坚操履：坚持正直的操守和行为。

㉗蹈：实践。

㉘鲤鱼：古代木刻成鲤鱼状的书信函，此指书信。

[点评]

　　嘉泰二年（1202），陆游已七十八岁高龄。他自六十五岁斥归故乡后，多年奉祠在家。七十四岁时祠禄停止后，家境显得特别困难窘迫，次子子龙因贫而不得不出仕，拖儿带女外出谋生，赴江西吉州做一个司理参军的小官。垂暮之年，父子、祖孙分离，诗人心中十分伤感。但他还是以前程为重为儿送行，挥泪写下了这首充满亲情的五言长诗。

　　诗确实很长，共有五十二句，二百六十言，似有千言万语需要叮嘱吩咐。诗从眼前道来，设想儿子在途中的艰辛和惶恐，又担心上任后可能遇到的人事关系。有牵念有宽解，有告诫有劝勉。语重心长，一一道来，细致入微，很有层次。

　　前十二句点明因贫出仕和对子龙此行途中行止饮食的担心挂念。子龙生于1150年，赴任时已是年过半百、子女满堂的人了，但在老父亲看来依然是稚气未脱、涉世未深的儿辈，这次突然离膝而去不免让老父牵肠挂肚。"野饭何店炊？孤棹何岸舣？"担心他途中的一切，事事关切备至，真可谓天下父母心肠！

　　从"判司比唐时"开始到"归舍却睡美"十六句为第二层。如果说前面是从生活起居上加以关心，那么从此则转入

父德子贤·家祭无忘告乃翁

对儿子事业前途的期望。说司理参军的官职虽微,但与唐时相比待遇已是大有改善,不要因为位卑职微而有所怠慢,要忠于职守,知足安分,廉洁公正。在公,作为行事要对得起吉州父老;在私,要关心教育好子女,大可不必以父亲年迈为念。这一节话,宽慰中含期望,同时也表现了诗人正直坦荡的胸怀。

"益公名位重"至"蹈之则君子"二十句,是从另一个侧面提醒子龙要注意为人之道。周必大、杨万里都是吉州名重一时的先辈诗人元老,又是陆游的僚友交好。诗人告诫子龙到吉州后,要主动拜访长辈,要向同辈学习,勤勉做人。不断积累工作经验,勇于实践,做一个正直有操持的君子。在这里,值得一提的是陆游教子的独立精神。本来,周必大是当地很有影响的老臣,曾官至左丞相,陆游又与其有通家之好。如果按一般人的看法,子龙此次赴任,请他照顾提携一下也是人之常情。但陆游却告诫儿子"切勿有所启",也就是说不要去拉关系,提什么请求。要凭自己脚踏实地的工作,做一个光明磊落的人。这一点精神,确实非常可贵。故周必大在《跋陆务观送其子子龙赴吉州司理诗》中由衷地说:"吾友陆务观,得李杜之文章,居严徐之侍从。子孙众多如王谢,寿考康宁如乔松。诗能穷人之谤,一洗万古而空之。"(《平园续稿》卷十一)

诗最后四句与开篇依依不舍之情相呼应,希望子龙三年任满归来,父子能在有生之年团聚。并含蓄地暗示他多写家书,以慰老父悬念。结尾处又归结到割舍不断的亲情上来,这是一个年近八十的老人对儿子提出的唯一的私下要求。在诗人看来,家书何止万金,血浓于水,父子深情重于泰山。

这是一位慈爱、正直、善解人意的老父亲对因为贫困而不得不去异乡谋生的儿子所作的临别叮咛,字里行间充满了诗人深切的关爱和殷切的期望,舐犊之情纤细如发,读了使人感动。

诗是按事件线索一一道来,虽属平铺直叙,但感情的脉络异常清晰,叙事笔法也亲切感人。唯诗中典实掌故甚多,这可能与放翁诗书传家有关。儿孙从小受家庭氛围的熏陶,对父亲的言辞自能心领神会。而对我们今天的读者,可能须首先扫除文字障碍,才能更深切地体会诗人的一片衷情。

示子遹

我初学诗日,但欲工藻绘①。

中年始少悟,渐若窥宏大。

怪奇亦间出,如石漱湍濑②。

数仞李杜墙③,常恨欠领会。

元白才倚门④,温李真自郐⑤。

正令笔扛鼎⑥,亦未造三昧⑦。

诗为六艺一⑧,岂用资狡狯⑨?

汝果欲学诗,功夫在诗外。

[注释]

①藻绘:藻饰和绘画,指语言的华美。

②石漱湍濑:指水石相冲击而形成的险怪奇特的气势。漱:水冲荡貌。湍濑:山间流得很急的水。

③数仞李杜墙:用《论语》典。子贡说:"夫子之墙数仞,不得其门而入。"这里借以赞扬李白杜甫诗歌的崇高境界。

④倚门:靠近大门,指尚未进入堂奥。

⑤自郐(kuài 快):表示轻视,不屑的意思。郐:古国名。据《左传》记载,春秋时吴公子季札对鲁国乐工演唱的各国诗歌都有评论。"自郐以下无讥焉",意思是说郐国等国的诗歌则不值得评论。

⑥正令:即使。扛鼎:有举鼎之力,指笔力雄健。

⑦造三昧:得到作诗的要诀。造:达到。三昧:佛家语,要诀之意。

⑧六艺一:即儒家的六经之一。

⑨资:作为。狡狯:指游戏。

[点评]

陆游晚年经常和儿辈们谈诗论道,一方面总结自己长期以来的创作体会,作现身说法,另一方面则指点评判前人创作得失,授业于子孙。所以在示子诗中,有相当一部分是有关诗歌创作、批评和鉴赏的,这些诗不惟对子孙们有指导作用,在整个诗论史上也是值得关注的。

这首写给幼子子遹的诗,作于嘉定元年(1208)秋末诗人八十四岁时。诗先简要地回顾了自己一生的创作道路,总结学诗的得与失。并提出要向李白、杜甫学习,取法乎上,以求得真谛。他反对以游戏的态度对待诗歌创作,并指出学诗的要诀在于"诗外功夫"。从这首诗表述的见解看,陆游的诗论最具特色处并非批评与鉴赏,而是他的创作理论。陆游对前人的批评鉴赏有他自得处,但也有明显的狭观点。唯有他的创作论,是他六十余年的创作甘苦凝结而成的经验之谈,颇发人深省。特别是"汝欲果学诗,功夫在诗外"的教诲,确实超越了时人谈诗的传统说法,于法度、学力之外提出了一个令人耳目一新的独到见解。

陆游的诗外功夫应包含两方面的意思:一是个人学养,二是生活实践。个人学养即养气,强调要做诗人,首先必须做一个正直的人。而他对生活实践和外境阅历的重视,则发时人未发,具有极为重要的意义。他向儿辈强调"诗外功夫",并没有偏废学力和技巧法度的意思。之所以要强调书本之外的实践活动,是为了纠正时人片面讲究形式技巧、专从故纸堆中寻章摘句的毛病,主张直接从生活的土壤中获取创作素材。这个观点显然要比江西诗人以流为源的创作法则要高明得多。陆游从江西派入诗,而最后自成大家,与这份独立创新的理论意识是分不开的。他以此教导他的儿子,只有现实生活才是取之不尽、用之不竭的创作源泉。他的诗外功夫,不但接触到诗歌创作与社会生活之间的渊源关系,而且也涉及形象思维过程中某些本质方面的问题,在诗论史上也有十分重要的意义。